Hans Pfeiffer

Berühmte Kriminalfälle

Hans Pfeiffer

Berühmte Kriminalfälle

Band 1

Militzke

Die Deutsche Bibliothek – CIP-Einheitsaufnahme
Pfeiffer, Hans:
Berühmte Kriminalfälle : die Auskunft der Toten /
Hans Pfeiffer. – Leipzig : Militzke
Bd. 1 . – (2001)
ISBN 3-86189-225-1

2. Auflage

Lektorat: Julia Lössl
Umschlaggestaltung, Satz und Layout: Ralf Thielicke
Druck und Bindung: Jütte-Messedruck Leipzig GmbH

Inhalt

Vorwort

Der Tod, das Unabwendbare des menschlichen Schicksals, fordert das Gefühl der Lebenden auf widerspruchsvolle Weise heraus. Sie fürchten ihn, denn niemand kann ihm entfliehen. Zugleich aber fasziniert er sie durch die unendlichen Kostümierungen, in denen er auftritt.

Uralter Volksglaube stellte sich den Tod als Person vor, als Jüngling mit gesenkter Fackel oder als Gerippe mit Sense. Aber jenseits solcher allegorischen Bilder erregt seine reale Gestalt als biosozialer Vorgang immer wieder ein mit Erschrecken verbundenes Interesse. Das gilt besonders für die außergewöhnlichen Todesfälle, denen etwas Unheimliches, Erschreckendes, Erschütterndes, Unfaßbares und Verdächtiges anhaftet. Sie sind eine Herausforderung für Kriminalisten und Rechtsmediziner.

Die Rechtsmedizin ist ein Teil der Kriminalistik. Oft kann ein Tatgeschehen nur durch rechtsmedizinische Kenntnisse rekonstruiert werden. Insofern sind spektakuläre Fälle der Rechtsmedizin in der Regel auch berühmte Kriminalfälle.

Für die »Berühmten Kriminalfälle« habe ich die erregendsten Fälle aus meinen kriminalistischen Tatsachenberichten »Die Sprache der Toten«, »Die Spuren der Toten«, »Die Spiele der Toten« und »Zwang zur Serie« ausgewählt.

Meine Berichte lassen die Kompliziertheit der kriminalistischen Arbeit und die Vielfalt der rechtsmedizinischen Forschung und Praxis erahnen.

Ich verarbeite in publizistischer Form Tatsachenmaterial, das ich von Kriminalisten und Rechtsmedizinern erhalten oder in der entsprechenden Fachliteratur gefunden habe. Ihnen allen schulde ich Dank. Davon möchte ich etwas abtragen, indem ich ihre verantwortungsvolle Arbeit würdige und in der Öffentlichkeit bekannt mache.

Hans Pfeiffer, Aus dem Nachlaß

I.
Triumph der Identifizierung

Der 3-Knochen-Fall

Das Frühlicht läßt den Mond über dem ägyptischen Fellachendorf verblassen. Noch liegt Stille über den Hütten, der Schlaf zu dieser Stunde ist tief.

Da bellt ein Hund. Er hat die Schritte gehört – obwohl der Mann, der soeben seine Hütte verlassen hat, lautlos durch den Sand zu gehen sucht. Er bleibt stehen, blickt sich um. Der Hund ist verstummt. Rasch geht der Mann weiter, dem Ausgang des Dorfes entgegen. Er trägt einen Sack über der Schulter, in der einen Hand einen zusammengerollten Strick. Bald liegt das Dorf hinter ihm. Vor ihm dehnt sich unendlich die Wüste. Es ist nicht weit bis zum alten Ziehbrunnen am Rande der Siedlung. Das Gemäuer bröckelt schon. Die Quelle ist seit Jahren versiegt, der Brunnen wird deshalb nicht mehr benutzt.

Vor der Öffnung des Schachtes kniet der Mann nieder. Den Strick bindet er an der Winde fest, das andere Ende des Seils wirft er in die Tiefe. Er zieht eine Fackel aus dem Sack und setzt sie in Brand. Dann läßt er sich langsam am Strick hinabgleiten. Allmählich wird das Zwielicht zur Dämmerung und schließlich zum Dunkel. Die Fackel brennt unruhig in der stickigen Luft. Noch ist der Mann nicht auf dem Grund des Brunnens angekommen, aber schon jetzt spürt er den Geruch, vor dem er sich gefürchtet hat. Sein Körper verkrampft sich. Als er endlich den Boden erreicht, fühlt er eisige Kälte auf der Kopfhaut. Die Beine knicken zusammen. Er glaubt, ersticken zu müssen. Dann rafft er sich auf und leuchtet den Boden ab. Er braucht nicht lange zu suchen. Was da zwischen den Steinen liegt, war einst ein Mensch. Jetzt ist es ein Skelett. An einzelnen Knochen haften noch gallertartige Fleischreste.

Der Mann atmet flach und rasch. Er stopft das zerfallende Gebein in den Sack. Wieder wird ihm dabei übel. Er lehnt sich an den Mauerrand. Dann bindet er sich den Sack auf den Rücken und klettert empor. Er fürchtet, nie mehr nach oben zu kommen. Als er schließlich mit zerschundenen Händen aus dem Brunnen kriecht, bleibt er erschöpft liegen. Da sieht er die Sonne aufgehen. Er steht auf und schleppt seine Last zum Nil hinunter, öffnet den Sack und wirft die Knochen ins Wasser. Sie versinken zögernd.

Der Weg zurück ist leicht. Wieder bellt der Hund. Als der Mann in die Hütte tritt, denkt er, niemand hat ihn gesehen. Und wenn, wie man erzählt, der Brunnen wieder in Tätigkeit gesetzt werden soll, wird man dort unten nichts mehr finden.

Das war ein Irrtum. In der flackernden Finsternis hatte er drei Knochen übersehen. Sie waren zwischen dem Geröll liegengeblieben. Diese drei Knochen wurden ihm zum Verhängnis. Als der Brunnen wieder hergerichtet wurde, fand man die Knochen und schickte sie nach Kairo.

Am Gerichtsmedizinischen Institut in Kairo arbeitete damals der britische Gerichtsmediziner Dr. Sidney Smith. Er untersuchte die Knochen, um die Identität des unbekannten Toten festzustellen. In seinem Bericht hieß es: »Die Knochen stammen von einer jungen Frau zwischen dreiundzwanzig und fünfundzwanzig Jahren. Sie war klein und schlank. Vermutlich hatte sie mindestens eine Schwangerschaft. Ihr linkes Bein war kürzer als das rechte, so daß sie hinkte. Als Kind hatte sie sicher Kinderlähmung. Sie wurde durch einen Gewehrschuß mit selbstgefertigter Munition verletzt, und zwar wurde der Schuß aus knapp drei Meter Entfernung, von unten nach schräg oben, abgegeben. Sie starb ungefähr sieben bis zehn Tage nach der Verwundung, vermutlich an einer durch den Schuß ausgelösten infektiösen Bauchfellentzündung.«

Das waren sehr präzise Angaben. Die Polizei konnte nun nach einer Vermißten suchen, auf die diese Beschreibung zutraf. Sehr schnell stellte sie fest, daß aus dem Dorf am Brunnen eine junge Frau verschwunden war. Sie war vierundzwanzig Jahre alt, hinkte, hatte ein Kind zur Welt gebracht und bis zu ihrem Verschwinden bei ihrem Vater gewohnt. Der Vater wurde vernommen. Er verwikkelte sich in Widersprüche und legte schließlich ein Geständnis ab. Er hatte fahrlässig seine Tochter getötet – durch einen Schuß, der sich beim Reinigen seines Gewehrs löste. Eine Woche nach der Verletzung war sie gestorben. Der Vater hatte keinen Arzt geholt, aus Angst, wegen unerlaubten Waffenbesitzes bestraft zu werden.

Ohne die Fähigkeiten des Gerichtsmediziners Dr. Sidney Smith, aus drei Knochen den ganzen Menschen zu rekonstruieren, so daß er identifiziert werden konnte, wäre der Tod der jungen Frau niemals aufgeklärt worden.

Liest man die Personenbeschreibung, die Smith anhand der drei Knochen gab, glaubt man, hier sei der legendäre Sherlock Holmes am Werk gewesen. Aber Smith verrät, daß hier nicht geniale Intuition im Spiel war, sondern der Zufall und die vier Tugenden eines jeden Gerichtsmediziners: Beobachtungsgabe, Logik, umfassendes Wissen und konstruktive Phantasie. Er berichtet selbst, wie er zu seinem verblüffenden Ergebnis gekommen war: »Die Skeletteile bestanden aus den beiden Beckenknochen und dem Kreuzbein. Zusammengesetzt bildeten sie ein komplettes Becken, das heißt den Teil des Skeletts, von dem sich am leichtesten das Geschlecht ablesen läßt. In diesem Fall war es eindeutig weiblich. Nun stellte die Bestimmung von Körperbau und Größe keine Schwierigkeit mehr dar. Da die Knochen klein und leicht waren, mußte die Frau klein und zierlich gewesen sein. Normalerweise wächst der Kamm der Frau im Alter von zweiundzwanzig his fünfundzwanzig Jahren zusammen. Da hier die Verwachsung noch nicht ganz abgeschlossen war, konnte ich das Alter der Frau mit einiger Genauigkeit schätzen.

An den Knochen hingen winzige Gewebespuren, deren Zustand verriet, daß sie mindestens drei Monate tot war. Die Auskehlung in den Knochen deutete darauf hin, daß sie mindestens einmal in anderen Umständen war. Das Hinken läßt sich leicht erklären: der rechte Hüftknochen war größer und schwerer als der linke, der rechte Oberschenkelkopf größer. Das bedeutete, daß der rechte Hüftknochen lange Zeit das Hauptgewicht des Körpers tragen mußte, woraus wiederum hervorging, daß sie seit ihrer Kindheit oder frühen Jugend das linke Bein nachzog. Die Ursache war wohl Kinderlähmung. Ich wußte, daß auf die Frau geschossen worden war, denn in ihrem rechten Hüftknochen steckte eine Blei- oder Schrotkugel. Aus ihrer ungleichmäßigen Form schloß ich, daß sie der Mann selbst hergestellt hatte. In einem anderen Teil desselben Knochens fanden sich eine länglich vertiefte Verletzung und eine dreieckige Fraktur. Diese Verletzungen rührten vermutlich von ähnlichen Geschossen her. Wenn das stimmte, war die Mordwaffe vermutlich ein Gewehr. Der Abstand zwischen den Verletzungen zeigte die Streuung an, und hieraus folgerte ich, daß der Schuß aus knapp drei Meter Entfernung abgegeben wurde. Die vertiefte Verletzung ließ außerdem auf Schußwinkel und -richtung schließen. Die Ränder der Verletzung wiesen eine ganze Reihe von Knochenerosionen auf, ein charakteristisches Zeichen für Eiterung. Das Ausmaß der Erosion erlaubte den Schluß, daß die Vitalfunktionen noch sieben Tage nach der Verletzung fortgedauert hatten. Diese Tatsache sowie der augenscheinliche Beweis einer Infektion ließen auf infektiöse Bauchfellentzündung als wahrscheinliche Todesursache schließen.«

Dieser 5-Knochen-Fall aus den 20er Jahren ist ein Musterbeispiel für erfolgreiche Identifizierung eines unbekannten Toten. Der Gerichtsmediziner zog aus Einzelteilen des Körpers Rückschlüsse auf den ganzen Körperbau, auf Größe, Alter, Gewicht, Geschlecht und besondere Merkmale.

Schon im Altertum war die Gesetzmäßigkeit bekannt, daß sich die Struktur des Ganzen in seinen einzelnen Teilen wiederholt und die einzelnen Teile das Ganze widerspiegeln. Zur Zeit, als Sidney Smith diesen Fall bearbeitete, konnte er sich bereits auf ein annähernd gesichertes Wissen über diese Zusammenhänge stützen. Seit dem Ende des 19. Jahrhunderts haben Anatomen und Anthropologen die Entsprechung von Knochen- und Körperbau an tausenden und abertausenden von Einzelfällen untersucht und mit statistischen Methoden Tabellen erarbeitet, um aus der Länge eines einzelnen Knochens die gesamte Körpergröße zu errechnen.

Daraus zog auch die Polizei ihren Nutzen. Alphonse Bertillon, ein Büroangestellter bei der Pariser Polizei, wurde jahrelang damit beschäftigt, Signalements von Verbrechern zu kopieren. Bald merkte er, wie unsicher die Personenbeschreibung war. Der Verbrecher konnte sein Äußeres verändern. Das einzig Unveränderliche, so fand Bertillon, der sich aus Liebhaberei anatomische Kenntnisse angeeignet hatte, ist der Knochenbau. Darauf begründete er ein System, die Anthropometrie, nach ihm auch Bertillonage genannt.

Jeder Verbrecher, den die Polizei registrierte, wurde nun im Sitzen und Stehen genau gemessen: die Entfernung zwischen den Fingerspitzen der ausgebreiteten Arme, Länge und Breite des Kopfes, der Nase und des rechten Ohres, des linken Fußes, des linken Mittel- und Zeigefingers und des linken Armes vom Ellbogen bis zur Spitze des Mittelfingers.

1882 führte die Pariser Sureté die Bertillonage ein. Die Polizei anderer Länder übernahm sie. Verbunden mit der Fotografie, deren systematische Anwendung Bertillon ebenfalls förderte, wurde damit eine biologisch begründete Methode zur Wiedererkennung von Verbrechern geschaffen.

Aber bald schon stellten sich die Unzulänglichkeiten dieser Registrierung heraus. Man entdeckte, daß die Knochenmaße der einzelnen Menschen nicht so individuell sind, daß alle Irrtümer ausgeschlossen werden können. Natürlich wurde die Bertillonage damit nicht widerlegt, aber sie verlor ihren Ruf als universale Methode. Erst die Daktyloskopie, die Identifizierung nach dem Fingerabdruck, gab der Polizei eine solche universale Methode zur Identifizierung in die Hand.

Der Fall Marie Lafarge

Im März 1843 schrieb Jenny v. Westphalen ihrem Verlobten Karl Marx, sie würde ihm sobald wie möglich »die Lafarge« zuschicken. Sie meinte damit eines der aufsehenerregendsten Bücher des Jahres, Marie Lafarges Memoiren. Heute würde man diese Autobiographie einen Bestseller nennen. Die wegen Giftmordes an ihrem Mann zum Tode verurteilte Marie Lafarge versuchte in diesem Buch, den Schuldspruch der Geschworenen als Irrtum darzustellen.

Der Fall der Lafarge wurde zum »Jahrhundertfall« – nicht so sehr wegen der Tat selbst. Sie war ein simpler Giftmord tief in der französischen Provinz. Auch nicht wegen der Täterin, einer zu melodramatischen Ausbrüchen neigenden Kleinbürgerin. Eher könnte man schon in dem halbverfallenen Kloster Le Glandier, wo sich die Vorgänge abspielten, den Hintergrund eines in jener Zeit bereits beliebten romantischen Schauerdramas erblicken. Was diesen Fall damals zum sensationellsten Kriminalereignis in Europa machte, waren die neuartigen Umstände seiner Aufklärung: Die moderne Chemie hielt Einzug in den Gerichtssaal.

Vielleicht faszinierte diese Tatsache den jungen Marx. Später begründete er, warum auch das Verbrechen die Wissenschaft fördere. Manche Erfindung sei nur gemacht worden, um das Verbrechen besser bekämpfen zu können. Das Verbrechen sei eine Art Produktivkraft. Im Fall der Marie Lafarge war es der gerade entwickelte Arsennachweis von Marsh, der hier seine erste Feuerprobe bestand.

Wie alle neuen wissenschaftlichen Erkenntnisse und Methoden erregte auch der Marshtest damals heftiges Für und Wider. Es bildeten sich zwei Parteien: die eine, die Lafargisten, hielt Marie Lafarge für unschuldig, für ein »Opfer der Chemie«, die andere, die Antilafargisten, hielt die neue Methode für unfehlbar und war von der Schuld der Lafarge überzeugt.

Selbst nach dem Schuldspruch der Geschworenen gab die Auseinandersetzung zwischen Lafargisten und Antilafargisten den Journalen noch jahrelang Stoff. Liest man heute nach anderthalb Jahrhunderten die Protokolle des Prozesses, die Pamphlete und Verteidigungsschriften, vergleicht man das Pro und Contra, steht die Schuld der Marie Lafarge mit ziemlicher Wahrscheinlichkeit fest. Die Indizien sind erdrückend und auch von der Verteidigung nicht angezweifelt worden.

Marie Cappelle, Tochter eines pensionierten Offiziers, lebte mit ihrem Vater in bescheidenen Verhältnissen in Paris. Das geringe Vermögen des Vaters wurde nicht angegriffen; es sollte als Mitgift für eine spätere Heirat dienen. 1839 lernte Marie durch eine Heiratsvermittlerin Charles Lafarge kennen. Der Fabrikant Lafarge war nach Meinung der Heiratsvermittlerin eine »gute Partie«. Er besaß Ländereien, das Schloß Le Glandier und eine Eisengießerei. Lafarge seinerseits war ebenfalls überzeugt, sich gut zu verheiraten. Nach Auskunft der Vermittlerin sollte Marie ein beträchtliches Vermögen und wertvollen Diamantschmuck besitzen.

Der Heiratskontrakt wurde aufgesetzt und die Ehe einige Wochen später geschlossen. Noch ahnte keiner von beiden, daß diese Ehe schon brüchig war, als sie begann. Von beiden Seiten war sie auf Lüge und Betrug aufgebaut. Marie war längst nicht so vermögend, wie sie behauptet hatte. Charles war tief verschuldet. Jeder hoffte, sich mit dem Geld des Partners aus seiner trostlosen Lage befreien zu können.

Marie wurde als erste aus ihren Träumen von einem sorglosen Leben herausgerissen. Als sie mit ihrem Mann in Le Glandier eintraf, erwies sich das »Schloß« als eine notdürftig zum Wohnen hergerichtete Klosterruine. Die Eisengießerei war stillgelegt. Ohne ein größeres Darlehen, erklärte Lafarge geradeheraus, sei der Betrieb nicht wieder produktionsfähig. Dieses Darlehen sollte auf Maries Vermögen aufgenommen werden.

Die triste Atmosphäre und die Enttäuschung, die Marie bei ihrer Ankunft in Le Glandier empfand, mußten ihr einen tiefen Schock versetzt haben. Gleich in der ersten Nacht schloß sie sich in ihre salpeterglitzernde Kammer ein und sann nach einem

Mittel, um sich von ihrem Mann zu befreien. Es konnte nur ein ungewöhnliches Mittel sein, denn die katholische Kirche verbot die Scheidung.

Der Brief, den Marie in dieser Nacht schrieb, ist erhalten geblieben. Er wurde später im Prozeß gegen sie verwendet, denn in diesem Brief erwähnte sie zum ersten Mal Arsenik. Es hieß da: »Ich habe Dich betrogen. Ich liebe Dich nicht. Ich liebe einen anderen. Ich liebe ihn mehr als mein Leben. Deine Zärtlichkeiten jedoch widern mich an. Aber wenn Du willst, werde ich Arsenik nehmen, ich besitze welches. Ich werde Dir nicht gehören, ich werde aber auch nicht ihm gehören. Ich werde tot für die Liebe sein.«

Abgesehen davon, daß auch dieser Brief eine Lüge war – Marie hatte keinen Liebhaber – blieb doch das Spiel mit dem Arsenik, die Selbstmorddrohung, bezeichnend für die ausweglose Situation der jungen Frau.

Vorerst reagierte Lafarge nicht auf den Brief. Der plumpe und ungebildete, als Liebhaber wenig anziehende Mann liebte die junge Pariserin wirklich. Und auch Lafarges Familie – seine Mutter, seine Schwestern, der Schwager, die Nichte – sahen in der »Dame de Paris« anfangs ein zauberhaftes exotisches Geschöpf, das man mit Liebe und Fürsorge umgeben mußte.

Maries Enttäuschung schien bald verflogen. Sie gab sich heiter, liebenswürdig, paßte sich der Familie an, und es sah aus, als würde alles noch gut werden.

Wenige Monate später, im Herbst 1839, veranlaßte Marie ihren Mann, eine neues Testament aufzusetzen und seinen gesamten Besitz ihr zu vermachen. Dazu gehörten nicht nur die schuldenbelastete Gießerei und das Grundstück, sondern auch einige Patente auf Erfindungen, die Lafarge vorzuweisen hatte. Von diesen Patenten versprach er sich viel für die Zukunft. Anscheinend teilte Marie darin seine Meinung, sonst wäre eine Testamentsänderung sinnlos gewesen.

Schon im Dezember stellte sich heraus, daß Lafarge und Marie richtig gerechnet hatten. Lafarge wurde zum Patentamt nach Paris bestellt, um über eine finanzielle Abfindung zu beraten. Lafarge reiste Anfang Dezember ab. Aber die Verhandlungen brachten nicht das gewünschte Ergebnis. Deshalb nahm er einen Kredit von 25 000 Franc auf und verpfändete dafür, ohne deren Wissen, Maries Vermögen.

Inzwischen war auch Marie nicht untätig gewesen. Während Lafarge nach ihrem Vermögen trachtete, trachtete sie nach seinem Leben. Am 12. Dezember schickte sie den Verwalter Denis, einen Vertrauten ihres Mannes und Komplizen seiner Wechselreiterei, nach Lubersac zum Apotheker Essartier. Dem Apotheker schrieb sie: »Monsieur, ich werde von Ratten verzehrt. Ich habe schon Gips und Krähenaugen versucht, um mich von ihnen zu befreien. Nichts hilft. Wollen oder können Sie mir ein bißchen Arsenik anvertrauen? Sie können auf meine Vorsicht rechnen. Ich wünsche außerdem noch ein Viertel süße Mandeln.«

Die süßen Mandeln übergab Marie zwei Tage später ihrer Schwiegermutter zum Backen eines Weihnachtskuchens, den sie ihrem Mann nach Paris schicken wollte.

Das Arsenik übergab sie Denis. Der sollte daraus »Rattenkuchen« herstellen, mit Arsenik vermischte Mehlfladen. Sie sollten im Haus gegen die Rattenplage ausgelegt werden.

Marie bat ihre Schwiegermutter, dem Kuchen einen Brief beizulegen und Charles mitzuteilen, daß seine Mutter den Kuchen gebacken habe. Die alte Frau wunderte sich über dieses Ansinnen, kam aber Maries Wunsch nach und schrieb: »Marie will mit Gewalt, daß ich Dir schreibe, ich hätte Deinen Lieblingskuchen gebacken ...« Marie ließ dann das Kuchenpaket von Denis zur Post bringen. Kurz vor Weihnachten besuchte Lafarge in Paris seinen Schwiegervater. Er zeigte ihm den Kuchen, den er gerade aus Le Glandier erhalten hatte, und aß ein größeres Stück davon.

Eine halbe Stunde später wand sich Lafarge vor Schmerzen. Sein Hals brannte wie Feuer, kolikartige Krämpfe nahmen ihm fast das Bewußtsein. Der Schwiegervater fürchtete, es könnte die Cholera sein. Er kannte die Symptome vom Ägyptenfeldzug. Aber Lafarge erholte sich in den nächsten Tagen wieder.

Am 3. Januar kehrte er nach Le Glandier zurück. Abends setzte ihm Marie Trüffeln vor. Kurz nach dem Essen mußte er heftig erbrechen. Es ging ihm so schlecht, daß er sich zu Bett legte. Am nächsten Tage hatte sich sein Zustand nicht gebessert. Die Mutter wollte nach dem Arzt Dr. Bardou schicken. Marie hatte Einwände: »Charles soll krank sein? Er will sich nur etwas bedauern lassen.« Sie wandte sich an Charles: »Nicht wahr, mein Lieber, du bist ja sooo krank, du mußt so schrecklich leiden.« Triumphierend rief sie der Schwiegermutter zu: »Sehen Sie, jetzt ist er zufrieden. Er will nur ein wenig bedauert werden.«

Am nächsten Tag ließ Mutter Lafarge Dr. Bardou kommen, den alten Hausarzt der Familie. Er kannte Lafarge von Kindheit an. Er untersuchte ihn und diagnostizierte eine Magenüberreizung. Ein Minerallaugensalz würde ihn bald wieder auf die Beine bringen. Als sich Bardou verabschiedete, nahm ihn Marie beiseite und bat ihn, ihr gegen die Rattenplage ein Rezept für Arsenik zu schreiben. Am 8. Januar löste Denis das Rezept ein und brachte 4 Gramm aus der Apotheke.

Lafarges Zustand verschlimmerte sich. Am meisten quälten ihn brennende Hitze im Hals und reißende Koliken.

Am 10. Januar schickte Marie den Verwalter Denis erneut nach Arsenik, diesmal jedoch in eine andere Apotheke. Denis erhielt für 20 Sous etwa 64 Gran Arsenik. Bald lag Lafarge in tiefer Apathie, die nur durch die schmerzhaften Anfälle unterbrochen wurde. Marie veranlaßte ihn trotz seines Widerstands und Ekels, etwas Kräftigendes zu sich zu nehmen. Sie bereitete ihm Hühnermilch, ein Getränk aus Milch, Zucker und verquirltem Ei. Dabei sah die in Le Glandier wohnende Malerin Anna Brun, wie Marie aus einer Dose ein Pulver in die Hühnermilch schüttete. Auf ihre Frage, was Marie ins Glas getan habe, antwortete sie, es seien Orangenblüten.

Einmal fragte Lafarge Dr. Bardou, was da Weißes auf der Hühnermilch schwimme. Dr. Bardou meinte, es sei sicher etwas Kalk von der Decke darauf gefallen.

Als Mutter Lafarge an einem Tag Mitte Januar in die Küche kam, sah sie, wie Marie eine Brotsuppe für ihren Mann bereitete und bei ihrem Hinzutreten hastig eine kleine Malachitdose in die Tasche steckte. Dann rührte Marie in der Suppe und erklärte, sie habe etwas Gummi arabicum hineingetan, das sei ein altbewährtes Mittel gegen Brechdurchfall.

Als Lafarge von dieser Suppe aß, empfand er wieder brennenden Schmerz im Hals. Die Mutter stellte die Suppe in den Schrank. Sie war durch die mehrfachen Arsenikkäufe, von denen Denis berichtet hatte, mißtrauisch geworden. Sie erzählte Anna von ihrer Sorge. Die Brun teilte ihr daraufhin den Vorfall mit den Orangenblüten mit. Daraufhin schickte die Mutter ihren Schwiegersohn mit dem Rest der Brotsuppe und eines Glases Hühnermilch zu Apotheker Essartier. Essartier untersuchte die Materialien und stellte Arsenik fest.

In der Familie brach eine Panik aus. Charles rief: »Verlaßt mich nicht! Umgebt wie eine Mauer mein Bett!«

Nun wachten ständig mehrere Familienmitglieder an Lafarges Bett und verhinderten, daß er eine von Marie gekochte Speise erhielt.

Trotzdem verfiel Lafarge zusehends. Ein zweiter Arzt wurde hinzugezogen, Dr. Lespinasse. Lespinasse untersuchte Lafarge und stellte fest: starrer Blick, Hitze und Schmerz im Hals. Der Leib nur gering druckempfindlich, fortwährendes Erbrechen, Arme und Beine kalt, der Puls schwach und unregelmäßig. Ferner starke innere Unruhe und Ohnmachtsanfälle.

Dr. Lespinasse verschaffte sich ein Lehrbuch für gerichtliche Medizin und verglich seine Beobachtungen mit den Symptomen einer Arsenikvergiftung. Er fand eine starke Übereinstimmung und verordnete als Gegenmittel Eisenoxid.

Aber Lafarge war nicht mehr zu retten. Er weigerte sich, seine Frau noch einmal zu sehen. Ohne daß sie es erfuhr, änderte er erneut sein Testament. Er enterbte Marie und setzte als Haupterbin seine Mutter ein. Als er starb, flüsterte er Unverständliches. Die Mutter glaubte die Worte zu hören: »Geht, geht, sucht.«

Der Untersuchungsrichter, den Dr. Lespinasse von seinem Verdacht informiert hatte, ordnete eine Obduktion des Toten an.

Mit dieser Obduktion begann eine Reihe von Untersuchungen, deren Ergebnisse sich gegenseitig aufhoben. Lafarges Tod wurde immer rätselhafter. Von Anfang an hemmten provinzielle Rückständigkeit, mangelnde Sorgfalt und wissenschaftliche Unerfahrenheit die gerichtsmedizinische Aufklärung des Todesfalles. Eine Analyse widersprach der anderen und erforderte neue Expertisen. So entstand in der Öffentlichkeit bald der Eindruck, die Sachverständigen seien unfähig, die Wahrheit zu finden, die Wissenschaft überhaupt habe versagt. Spekulationen verdrängten ein unvoreingenommenes Forschen. Nicht mehr die Tat interessierte, sondern die Täterin. Den einen erschien sie ein Engel, den anderen ein Teufel.

Bereits die Obduktion legte den Keim für diese verhängnisvolle Entwicklung des Falles. Dr. Bardou sollte die Sektion vornehmen. Aber er fühlte sich, da er dem Toten nahe stand, nicht in der Lage dazu. Ein zufällig vorbeikommender Arzt erklärte sich zu der Obduktion bereit. Dr. Bardou und Dr. Lespinasse unterschrieben seinen Befund und schufen damit einen juristisch anfechtbaren Tatbestand: ein nicht vom Gericht beauftragter Arzt obduzierte, und zwei Ärzte, die nicht an der Obduktion teilgenommen hatten, fertigten das amtliche Protokoll aus.

Im Obduktionsbefund hieß es: stark gerötete Lungen, ausgedehnte Entzündungen in Rachen und Schlund, im Magen vier brandige Verätzungen, desgleichen schwarze Verfärbung des Zwölffingerdarmes.

Der Untersuchungsrichter nahm den Befund zur Kenntnis, stellte aber zugleich fest, daß aus diesen Symptomen unterschiedliche Todesursachen abgeleitet wurden. Bardou vermutete Cholera, Lespinasse Arsenikvergiftung. Da also eine Arsenikvergiftung nicht auszuschließen war, setzte der Untersuchungsrichter die Staatsanwaltschaft in Kenntnis. Generalprokurator Decoux veranlaßte eine chemisch-toxikologische Untersuchung.

Die bei der Obduktion asservierten Materialien – Magen, Zwölffingerdarm, Mageninhalt – dazu Reste von Erbrochenem, von Brotsuppe und Hühnermilch, wurden an den Gerichtsort nach Brives gebracht. Wiederum traten dabei unverständliche Nachlässigkeiten auf, die später der Verteidigung Anlaß gaben, die Exaktheit der Voruntersuchung in Frage zu stellen. Die giftverdächtigen Flüssigkeiten befanden sich im gleichen Korb wie die Organe des Toten. Die Gefäße, in denen sich die Materialien befanden, waren lediglich mit Papier zugedeckt. Ein Gefäß zerbrach auf dem Transport. Und der Magen des Toten lag tagelang in der Schublade des Gerichtsdieners.

Vom 19. bis 22. Januar 1840 fand die erste chemisch-toxikologische Untersuchung statt. Zur Kommission gehörten die Ärzte Bardou und Lespinasse, außerdem ein Apotheker. Es heißt im Protokoll über die Analyse der Asservate: »Wir haben einen Teil der Hühnermilch abgeklärt, sie mit Schwefelwasserstoff behandelt und zu derselben einige Tropfen Salzsäure gegossen. Wir erhielten auf diese Weise einen hellgelben flockigen Niederschlag, welcher vollkommen in reinem Ammoniak lösbar war. Bei Erhitzung des Niederschlags setzten sich graue, glänzende Körnchen ab, welche wir dem Vorhandensein von metallischem Arsenik zuschreiben.«

Bei der Untersuchung des Magens explodierte die erhitzte Glasröhre, so daß kein Resultat erlangt werden konnte.

Insgesamt stellte die erste Analyse fest, daß sich in der Hühnermilch »reichlich arsenige Säure« befand und daß Magen und Mageninhalt ebenfalls Gift enthielten, was der gelbe flockige Niederschlag beweise. Auch wenn die Reaktion nicht mehr bis zum Ende, bis zur Reduktion metallischen Arsens, durchgeführt werden konnte, sei bewiesen, »daß der Tod Lafarges das Resultat einer Vergiftung durch arsenige Säure war«.

Diese Schlußfolgerung war allerdings nicht exakt, aber damals üblich. Denn nicht immer gelang es, in der erhitzten Glasröhre metallisches Arsen sichtbar zu machen, besonders wenn es sich um kleinste Mengen handelte. Deshalb begnügte man sich oft bereits mit dem gelben flockigen Niederschlag und nahm ihn als Arseniknachweis.

Auf Grund dieses Befundes erhob Generalprokurator Decoux Anklage gegen Marie Lafarge wegen Giftmordes. Marie wurde verhaftet und ins Untersuchungsgefängnis von Brives eingeliefert. Die Recherchen der Anklage erbrachten nicht nur, daß sich die Lafarge dreimal Arsenik verschafft hatte, sondern ein weiteres, ebenso überraschendes wie belastendes Indiz. Die sogenannten Rattenkuchen, die Denis aus dem ihm von Marie übergebenen Gift gebakken hatte, enthielten kein Arsenik, sondern Ammoniak. Damit brach eine wichtige Schutzbehauptung Maries zusammen, sie habe kein Gift besessen, weil es für die Rattenkuchen verwendet worden wäre. Ferner nutzte Decoux alle die Indizien, die sich aus den einzelnen Stadien des Krankheitsverlaufes ergaben. Schließlich stellte sich auch noch heraus, daß Marie einer Freundin einen kostbaren Juwelenschmuck gestohlen hatte. Aus alledem ergab sich für den Generalprokurator das Mordmotiv: der Haß einer getäuschten Frau und Habgier nach Lafarges Besitz.

Als Verteidiger der Angeklagten trat Maître Paillet auf, ein bekannter Pariser Strafverteidiger. Einer seiner Mitarbeiter allerdings sagte später nach dem Prozeß: »Denken Sie so schlecht wie möglich von dieser Frau, und Sie denken immer noch nicht schlecht genug von ihr.«

Paillet dagegen schien von Maries Unschuld völlig überzeugt zu sein. Mit seiner leidenschaftlichen, gefühlsmäßigen Bindung an die Angeklagte und seiner juristischen Klugheit wurde Paillet zum erbittertsten Widersacher des Anklägers. Paillet stützte sich dabei nicht nur auf die nachlässige und fehlerhafte Voruntersuchung. Er glaubte auch, das Gutachten der Ärzte vom Tisch fegen zu können. Dabei sollte ihm Professor Orfila helfen, zu seiner Zeit eine europäische Kapazität und Autorität auf dem Gebiet der Chemie. Paillet sah seine Chance darin, daß Orfila bereits erfolgreich mit dem von James Marsh erfundenen Arsennachweis gearbeitet hatte.

Der englische Chemiker James Marsh sollte 1832 in einem Giftmordfall Arsenik nachweisen. Er wies das Gift in der Form nach, die bis dahin als ausreichend galt, nämlich in Form jenes gelben Niederschlages, der sich in Ammoniak löst. Aber die Geschworenen wollten sich mit einem gelben Niederschlag nicht zufrieden geben. Sie wollten metallisches Arsen »sehen«. Marsh begann darüber nachzudenken, ob es nicht möglich sei, selbst geringste Mengen arsenige Säure durch ein Reduktionsverfahren auf metallisches Arsen zurückzuführen, so daß es dann als schwärzliches Metall »sichtbar« wird. In jahrelanger Arbeit entwickelte er dann den nach ihm benannten Marshtest, der auch heute noch gebräuchlich ist. Am Ende des Verfahrens erscheint Arsen als schwärzlicher Niederschlag, als »Arsenspiegel«.

Professor Orfila in Paris hatte den Marshtest weiterentwickelt und galt damals als erfahrener Spezialist. Maître Paillet war mit Orfila gut bekannt, er erhoffte deshalb seinen Beistand. Er war sicher, Orfila würde das Gutachten von Bardou, Lespinasse und dem Apotheker und ihren angeblichen Arsennachweis widerlegen. Paillet fuhr nach Paris und legte ihm das Gutachten vor. Orfila lachte: »Dieses Gutachten ist reiner Dilettantismus. Legte mir das ein Student im ersten Semester vor, ich schlüge es ihm um die Ohren! Völlig veraltete Methoden! Fordern Sie ein Gutachten nach dem Marshtest, lieber Paillet, und Sie haben gewonnen.«

Das Gericht gab dem Antrag Paillets statt, eine neue Analyse nach dem Marshtest vorzunehmen. Die Apotheker Dubois, Vater und Sohn, und der Chemiker Dupuitren wurden beauftragt, sich mit dem Marshtest theoretisch vertraut zu machen, die entsprechenden Apparaturen anzufertigen und den Rest der Asservate danach zu analysieren. Bis dahin wurde der Prozeß vertagt.

Man kann sich vorstellen, mit welcher Spannung Gericht und Publikum nach Wiederaufnahme des Prozesses das Gutachten erwarteten. Der ältere Dubois trug das Ergebnis selber vor: »Wir haben uns den Untersuchungen mit der größten Sorgfalt unterzogen. Zunächst haben wir uns mit der Prüfung des Magens beschäftigt. Wir haben hierbei mehrere Verfahren angewendet, und zwar zunächst diejenigen, welche bei den Arbeiten des Monsieur Orfila, die sich eines so ausgezeichneten Rufes erfreuen, von diesem im Marsh´schen Apparat beobachtet worden sind. So groß indessen auch unsere Aufmerksamkeit war, und obgleich sich unsere Untersuchungen bis in die geringsten Details erstreckt haben, so haben wir doch kein Resultat erhalten.«

Atemlose Stille schien sich über dem Saal auszubreiten. Paillet triumphierte, er ahnte die Schlußfolgerung voraus.

»Wir haben ferner die im Magen enthaltene Flüssigkeit analysiert und im Marsh´schen Apparat mehr als eine Stunde behandelt und nicht den geringsten metallischen Fleck hervorgebracht. Auch bei der erbrochenen Flüssigkeit ist nach der Behandlung im Marshapparat nicht das geringste Atom eines arsenigen Präparates hervorgebracht worden.«

Im Gerichtssaal brach ein Sturm los. Die Lafargisten tobten vor Begeisterung und brachen in Hochrufe für die unschuldige Marie aus. Die Antilafargisten, zuerst wie gelähmt, übertönten mit Schmährufen auf die Gutachter das Geschrei ihrer Gegner.

Paillet hatte gesiegt. Theatralisch umarmte er seine Mandantin und rief Decoux zu: »Herr Generalprokurator, geben Sie endlich unseren unschuldigen Engel frei!« Als sich der Lärm gelegt hatte, stand Decoux auf und entgegnete ruhig: »Sie sollten Monsieur Dubois erst einmal zu Ende hören.«

»Nun«, fuhr Dubois fort, »ich bin unterbrochen worden, ich verlese den zweiten Teil unseres Gutachtens. Die Tasse mit Hühnermilch enthielt eine beträchtliche Menge arseniger Säure. Diese war in solcher Menge darin enthalten, daß man mit dem Bodensatz mindestens zehn Personen hätte vergiften können ...«

Wieder brach ein Tumult aus, diesmal mit vertauschten Rollen. Die Antilafargisten triumphierten. Decoux bat erneut ums Wort. »Wir stehen also vor folgender Tatsache: Das Erstgutachten bewies eine Arsenikvergiftung. Das zweite Gutachten stellt zumindest in den Organen des Toten kein Arsenik fest, jedoch in der Hühnermilch ...«

»Die Hühnermilch interessiert überhaupt nicht!« rief Paillet dazwischen. »Weiß der Himmel, weiß der Teufel, wer Arsenik in die Hühnermilch geschüttet hat, um unsere Marie zu belasten. Entscheidend ist doch, daß die Organe giftfrei sind! Also ist Marie unschuldig!«

»Der Herr Generalprokurator hat das Wort. Ich bitte, ihn nicht zu unterbrechen!« rief der Vorsitzende.

»Wir haben zwei sich widersprechende Gutachten«, fuhr Decoux fort. »Was ist in einem solchen Fall zu tun? Wir brauchen ein drittes ...«

»... das kein anderes Ergebnis bringen wird als das zweite!« warf Paillet unter dem Jubel der Lafargisten ein. »Der Marshtest ist kein Glücksspiel. Er ist ein unwiderlegbares wissenschaftliches Verfahren!«

Decoux lächelte. »Nun, wenn der Marshtest so unwiderlegbar ist, dann schlage ich vor, das dritte Gutachten von Monsieur Orfila anfertigen zu lassen!«

Dieser Vorschlag wurde natürlich die größte Sensation dieses Verhandlungstages. In das Schweigen des Auditoriums hinein sagte Paillet: »Wenn die Anklage Selbstmord begehen will – ich bin einverstanden!«

Nun begann dieser Fall auch Orfila zu interessieren. Er erklärte sich bereit, das Obergutachten anzufertigen. Er stellte einige Bedingungen zur Vorbereitung der Analyse, die dem Gericht zeigten, daß der Pariser Professor entschlossen war, äußerst gewissenhaft zu arbeiten.

Der Tote wurde exhumiert und seine Identität unter Wahrung aller Sicherheiten festgestellt. Dem Leichnam wurden Leber, Herz, Eingeweide und Muskelgewebe entnommen. Teile des Leichentuches wurden sichergestellt und Erdproben oberhalb und unterhalb des Sarges aufbewahrt. Mit der beabsichtigten Untersuchung von Erdproben bewies Orfila, daß er überprüfen wollte, ob etwa Sikkerwasser möglicherweise arsenhaltige Erde in der Leiche abgelagert hatte. Außerdem standen Orfila noch Reste des Magens und der Hühnermilch zur Verfügung.

Orfilas Auftritt in Brives war teils eine erregende wissenschaftliche Demonstration, teils eine glänzende Show. Als der Gelehrte in Frack und Zylinder, mit sämtlichen Orden behängt, die Treppen zum Gerichtsgebäude emporschritt, umsäumte ihn eine ehrfürchtig schweigende Menge. Er selber war sich seiner Rolle durchaus bewußt. Nachdem er das Gebäude betreten hatte, riegelte eine Schwadron Kavallerie den Ort des Spektakulums ab.

Im Gerichtssaal erwarteten den berühmten Gast der Vorsitzende des Gerichts, der Generalprokurator, Maître Paillet, Bürgermeister und Kirchenvorsteher sowie die Geschworenen. Vier Leichenträger hielten sich im Hintergrund.

Auf dem Tisch befand sich der Marshapparat, daneben standen die sorgfältig etikettierten Glasgefäße mit den Asservaten. Orfila hatte sich ausbedungen, die gleichen chemischen Reagenzien zu benutzen, mit denen die früheren Gutachter gearbeitet hatten. Er untersuchte die Reagenzien auf ihre Reinheit, d. h., er stellte fest, daß sie selbst nicht arsenhaltig waren. Er ließ auch den Marshapparat erst eine Weile in Tätigkeit setzen, um dessen Reinheit zu beweisen. Über all dem verging eine Stunde. Erst dann begann Orfila in Anwesenheit der Zeugen mit der eigentlichen Analyse. Und so rätselhaft den Zeugen wohl auch die chemischen Vorgänge erscheinen mochten, so wußte doch wohl jeder, daß sie Maries Schicksal entscheiden würden ...

Der Prozeß am nächsten Tage fand in einer fieberhaft erregten Atmosphäre statt. Immer wieder wandten sich die Blicke der Zuschauer auf die Angeklagte. Auch sie wußte um die Bedeutung dieses Tages. Aber sie kannte das Ergebnis des nächtlichen Experimentes nicht. Blaß und mit niedergeschlagenen Augen saß Marie auf der Anklagebank. Dann betraten Richter, Geschworene und Generalprokurator den Saal. Paillet begab sich zu seiner Mandantin.

Der Vorsitzende eröffnete die Verhandlung und bat Professor Orfila, sein Gutachten zu verlesen. Der elegante, hochgewachsene Professor trat in den Zeugenstand und entfaltete sein Manuskript: »Meine Herren Geschworenen, Hohes Gericht! Wir gingen daran, das letzte Viertel des Magens, die ausgebrochenen Stoffe und die im Magen enthaltene Flüssigkeit zu behandeln.«

Gespannt verfolgten die Zuhörer die in eintönig gehaltener Stimmlage vorgetragene Einleitung. »Nachdem alle diese Stoffe durch Salpetersäure verkohlt und die Kohle in destilliertem Wasser erweicht worden war, brachten wir die erhaltene Flüssigkeit in den Marshapparat.«

Mit weit ausholender Geste wies er auf die Apparatur, die noch immer demonstrativ auf dem Tisch stand. Orfilas Stimme hob sich und gewann rasch an Tempo und Stärke. »Ich werde beweisen, erstens, daß im Körper Arsenik ist, zweitens ...«

Der Tumult, der nun ausbrach, hinderte Orfila weiterzusprechen. Lafargisten und Antilafargisten überschrien sich gegenseitig. Mehrere Reporter, die am Ausgang des Gerichtssaales standen, eilten hinaus, rannten die Außentreppen hinab und riefen der dort wartenden Menge zu, es sei doch Giftmord. Sie sprangen auf die bereitgestellten Pferde, um die Telegrafenstation zu erreichen und die sensationelle Nachricht weiterzugeben.

Im Gerichtssaal dauerte es Minuten, bis Orfila endlich weitersprechen konnte. »Ich kann also beweisen, daß erstens im Körper Arsenik ist, zweitens, daß dieses Arsenik weder von den Reagenzien noch von der Erde herrührt, die den Sarg umgab. Drittens werde ich zeigen, daß das von uns gefundene Arsenik auch nicht das Arsenik ist, das sich normalerweise in jedem menschlichen Körper befindet. Viertens endlich werde ich zeigen, daß es nicht unmöglich ist, die Resultate der früheren Untersuchungen mit den unsrigen zu vereinen.«

Es war, als sei Marie Lafarge nicht mehr da. Alle Blicke hingen an Orfila. Orfila beschrieb eingehend den Weg der Untersuchungen, die das Vorhandensein von Arsen nachgewiesen hatten. Er beschrieb die Gegenproben, die einen Irrtum ausschlossen. Besondere Aufmerksamkeit widmete er der Frage, warum beim zweiten Gutachten, das auch nach dem Marshtest vorgenommen worden war, kein Arsen festgestellt wurde. Er verwies auf die Empfindlichkeit der Apparatur und wie sehr das Ergebnis von der richtigen Temperatur abhängig sei. Ist die Temperatur zu niedrig, bricht der Reduktionsprozeß ab, ist sie zu hoch, verflüchtigt sich das Arsen. »Zweifellos haben die Herren, deren Talent und Geschicklichkeit ich alle Gerechtigkeit widerfahren lasse, den Marshapparat bei einer zu starken Flamme gebraucht, so daß sich das gewonnene Arsenik verflüchtigte.«

Orfila hatte sein Manuskript beiseite gelegt. Er sprach jetzt frei.

»Es ist also nicht schwer, die Verschiedenheit der von uns erzielten Resultate mit denen zu erklären, welche die früher mit der Prüfung beauftragten Sachverständigen zutage gefördert haben.« Die Vergiftung Lafarges durch Arsenik war bewiesen. Die Geschworenen lauschten den mit besonderem Nachdruck gesprochenen Schlußworten Orfilas: »Meine Herren Geschworenen, bedenken Sie, ich habe nichts weiter geliefert als chemische Fakten. Sie müssen diese Fakten mit den in der gerichtlichen Untersuchung zutage geförderten Indizien in Zusammenhang bringen. Gott stehe Ihnen bei.«

Orfila deutete mit dem Oberkörper eine Verbeugung an und setzte sich. Unter dem atemlosen Schweigen des Auditoriums verließen die Geschworenen den Saal.

Die Geschworenen erklärten Marie des Giftmordes für schuldig. Das Gericht verurteilte sie zum Tode. Ein Gnadenerlaß wandelte die Todesstrafe in Zwangsarbeit um. Einige Jahre später starb Marie an Lungentuberkulose. Zuvor hatte sie ihre Memoiren geschrieben und bis zuletzt ihre Unschuld beteuert.

Auch Heinrich Heine zweifelte damals an ihrer Schuld. Am 1. Oktober 1840 schrieb er, der berüchtigte Scharlatan Orfila sollte lieber an ihrer Statt an den Pranger gestellt werden. Heine räumte dann aber doch die Möglichkeit ein, Marie könnte den Mord aus Notwehr begangen haben: Lafarge habe, um sich durch Maries Heiratsgut vom Bankrott zu retten, das edle Weib mit betrügerischen Versprechungen in seine Diebeshöhle verschleppt, wo die verzärtelte, an tausend geistige Bedürfnisse gewöhnte Pariserin wie ein Vogel unter Fledermäusen, wie eine Blume unter Bestien dahinsterben und vermodern mußte. »Da griff sie«, so schrieb Heine weiter, »zu purem Arsenik. Rattengift für eine Ratte! Die Männer der Jury scheinen ähnliches gefühlt zu haben, denn sonst wäre es nicht zu begreifen, weshalb sie in ihrem Verdikt von Milderungsgründen sprachen. Soviel ist aber gewiß, daß der Prozeß der Dame von Le Glandier ein wichtiges Aktenstück ist, wenn man sich mit der großen Frauenfrage beschäftigt, von deren Lösung das ganze gesellschaftliche Leben Frankreichs abhängt ...«

Schriftsteller, Naturwissenschaftler und Juristen lieferten sich noch jahrelang erbitterte Wortgefechte über Schuld und Unschuld von Marie Lafarge. Emotionale Vorurteile lieferten den Verteidigern Maries ihre Argumente gegen die Chemie. Aber der mit Hilfe des neuen Arsennachweises von Marsh erbrachte Giftnachweis setzte sich durch.

Trotzdem gab die Arsenikvergiftung auch noch hundert Jahre später den Gerichtsmedizinern und Toxikologen Rätsel auf, die zu unterschiedlichen, ja entgegengesetzten Schlußfolgerungen führten. Das zeigt der Fall Besnard.

Der Fall Marie Besnard

1949 wurde die dreiundfünfzigjährige Witwe Besnard wegen des Verdachts verhaftet, ihren Ehemann vergiftet zu haben. Marie Besnard war eine wohlhabende Bäuerin aus dem französischen Städtchen Loudun.

Dieses Gerücht war aufgekommen, weil die Besnard kurz vor dem plötzlichen Tod ihres Mannes ein Liebesverhältnis mit einem viel jüngeren deutschen Kriegsgefangenen eingegangen war. Ihr Mann hatte davon gewußt, es war zu schweren Zerwürfnissen gekommen. Eheliche Untreue, und dazu noch mit einem boche. Das war zuviel für Besnard. Dann starb er plötzlich. Auch Maries Mutter hatte das Liebesverhältnis ihrer Tochter mißbilligt. Und sie starb ebenso plötzlich wie der Schwiegersohn.

Die Kriminalpolizei ordnete die Exhumierung der beiden Leichen an. Dr. Beroud aus dem Labor von Marseille wies in beiden Körpern eine absolut tödliche Menge von Arsen nach. Bereits der zehnte Teil davon hätte genügt, einen Menschen zu töten.

So begann eine gerichtliche Voruntersuchung. Neue verdächtige Todesfälle in der Familie kamen zum Vorschein. Erst jetzt fiel auf, daß die Großeltern, die Eltern, die Schwiegereltern und fünf andere Verwandte plötzlich verstorben oder angeblich durch Selbstmord ums Leben gekommen waren. Sie wurden alle exhumiert. In allen Leichen fanden sich große Mengen Arsen. Der Staatsanwalt erhob Anklage gegen Marie Besnard wegen Giftmordes in elf Fällen.

Er glaubte, seine Anklage stehe auf sicheren Füßen, denn er stützte sie auf die Obduktionsbefunde. Bald mußte er seinen Irrtum erkennen. Marie Besnard hatte sich einen der berühmtesten und geschicktesten Anwälte Frankreichs zum Verteidiger genommen: Rechtsanwalt Gautrat. Dieser Advokat betrachtete den Gerichtssaal etwa wie eine Stierkampf-Arena.

So entwickelte sich der erste Prozeß zu einem heftigen Duell zwischen Gautrat und dem Sachverständigen der Anklage, dem Gerichtsmediziner Dr. Beroud. Dieser Kampf endete mit einer Niederlage des Mediziners und damit auch des Staatsanwaltes. Dr. Beroud hatte dem Gericht das Verfahren und das Ergebnis seiner toxikologischen Untersuchung dargelegt. Er hatte absolut tödlichen Arsengehalt nachgewiesen. Die Angeklagte schien keine Chance mehr zu haben.

Gautrat gelang das Unglaubliche. Er konnte belegen, daß es in Dr. Berouds Analysen Unstimmigkeiten und Ungenauigkeiten gab. So lag zum Beispiel eine quantitative Arsenbestimmung aus den Kopfhaaren eines Toten namens Rivet vor.

»Aber alle erinnern sich, daß Rivet eine Glatze hatte!« rief Gautrat unter dem Gelächter des Publikums. Natürlich konnte er mit solchen kleinen Triumphen den Arsengehalt in den Körpern der elf Toten nicht wegzaubern. Aber er zwang das Gericht, den Prozeß zu vertagen, denn die Anklage mußte nach neuen Beweisen suchen. Der Staatsanwalt ordnete eine zweite Obduktion an und sicherte sich diesmal durch bekannte Experten ab. Zu ihnen gehörte Henri Griffon aus Paris. Griffon bestätigte den Giftnachweis von Dr. Beroud in vollem Umfang. Es gab keinerlei Zweifel. In den Körpern der elf Toten befand sich jeweils eine tödliche Menge Arsen. Aber die Sachverständigen der Anklage sahen voraus, daß

Gautrat diesen Beweis nicht anerkennen, sondern daß er die alte Streitfrage ins Spiel bringen würde, ob das Arsen nicht erst nach dem Tode in die Körper gelangt sein könnte.

Das Gericht bereitete sich auf diese Auseinandersetzung vor. Die Sachverständigen der Anklage vergruben Haarbüschel in der Friedhofserde von Loudun. Nach einem Jahr holten sie die Haare wieder heraus und fanden darin keine größeren Mengen von Arsen, als gewöhnlich im Boden enthalten ist – winzigste Spuren, die in keinem Verhältnis zu den großen Arsenmengen in den Haaren der Opfer standen. Nun erst war sich die Staatsanwaltschaft sicher, daß ihre Mordanklage beweiskräftig war.

So begann 1954 der zweite Prozeß gegen Marie Besnard. Der Staatsanwalt glaubte alle Trümpfe in der Hand zu haben. Denn Dr. Griffon aus Paris, der bereits im ersten Prozeß die Vergiftung bestätigt hatte, sollte nun mit einem neuen Beweis aufwarten. Er hatte nämlich nochmals das Gift mengenmäßig bestimmt – diesmal aber mit dem seinerzeit modernsten Mittel, mit Hilfe radioaktiver Bestrahlung.

Henri Griffon gebührt das Verdienst, als erster diese Methode erfolgreich entwickelt zu haben. Griffon hatte damit kurz zuvor den Giftmörder Duflos überführt. Dr. Duflos war angeklagt gewesen, seine Frau vergiftet zu haben. Unter dem Vorwand einer Schlankheitskur hatte er ihr Arsen gegeben. Als seine Frau bereits im Krankenhaus lag, überreichte er ihr Pralinen. Sie erwiesen sich später ebenfalls als vergiftet. Griffon konnte nachweisen, daß Duflos über einen längeren Zeitraum seiner Frau kleinere Mengen des Giftes verabreicht hatte. Er untersuchte das Kopfhaar der Toten, denn Arsen speichert sich auch im Haar. Welche Probleme sich ergaben, als Griffon zum erstenmal durch radioaktive Bestrahlung von Totenhaaren das Gift mengenmäßig zu bestimmen suchte, zeigt das Gutachten, das wir auszugsweise wiedergeben. Es belegt die Bedeutung dieser Methode auch für den Fall Besnard.

Griffon sagte im Fall Dr. Duflos: »Noch fehlt der hundertprozentige wissenschaftliche Beweis. Dieser bestünde darin, Dr. Duflos nachzuweisen, daß mit der Arsenzuführung bereits begonnen wurde, als der Arzt mit der Verstorbenen noch in häuslicher Gemeinschaft lebte. Einen solchen Beweis – und das wußte Duflos sicher auch – kann man mit Mitteln der herkömmlichen Toxikologie nicht einwandfrei führen. Ich habe mich mit diesem Mangel schon mehrfach befaßt und versucht, ihn mit anderen wissenschaftlichen Hilfsmitteln zu beheben. Vor kurzem kam mir beim Lesen einer Abhandlung über radioaktive Isotope der Gedanke, ob sich hier nicht eine neue wissenschaftliche Möglichkeit zur Untersuchung solcher Grenzfälle anbietet. Bekanntlich werden die verschiedenen chemischen Elemente durch die Elektronenbeschießung in einem Atommeiler radioaktiv, das heißt, sie erhalten die Eigenschaft, selbst eine radioaktive Strahlung auszusenden. In der Medizin nutzt man seit einiger Zeit diese Möglichkeit, um gewisse Erkrankungen menschlicher Organe mit Hilfe solcher Markierungsstoffe zu erkennen. Man nutzt dabei die Eigenart bestimmter Elemente und die Aufnahmefähigkeit vor allem erkrankter Zellen aus. So haben beispielsweise an Krebs erkrankte Zellen eine besondere Affinität für Phosphor, das heißt, sie nehmen diesen in größeren Mengen auf. Macht man den Phosphor nun vorher radioaktiv, dann kann man mit dem Geigerzähler diese erhöhte radioaktive Ablagerung im Gewebe erkennen und somit die Lage des Tumors genau feststellen.

Von dieser Methode ausgehend, möchte ich einen anderen Weg vorschlagen. Wenn ich nämlich das in einigen Teilen des menschlichen Körpers durch die Vergiftung abgelagerte Arsen nachträglich radioaktiv mache, und das geht, so müßte ich auch feststellen können, wie weit und wo es in den Haaren der Vergifteten abgelagert ist. Da wir wissen, daß das Kopfhaar des Menschen im Monat durchschnittlich 18 Millimeter wächst, könnte man mit Hilfe der Radioaktivität feststellen, wie weit das Haar gewachsen ist, seitdem die erste Arsenvergiftung erfolgte. Dieses Datum ließe sich mit einer gewissen Genauigkeit ermitteln …«

Griffon hatte dann die Kopfhaare im Atommeiler bei Châtillon nach dieser Methode behandelt und festgestellt, daß die erste Arsenablagerung 62 Millimeter von der Haarwurzel entfernt war.

Also war das Gift vor etwa dreieinhalb Monaten in den Körper des Opfers gelangt.

Mit einem solchen Sachverständigen glaubte sich die Anklage nun stark genug, allen Winkelzügen der Verteidigung begegnen zu können. Aber wiederum bereitete Rechtsanwalt Gautrat Griffon eine Niederlage. Er entlockte ihm das Zugeständnis, daß er die Haare nur halb so lange radioaktiv bestrahlt habe, wie für diese Analyse notwendig war. Das Ergebnis sei deshalb wertlos.

Nun holte das Gericht ein Gutachten von Professor Joliot Curie ein. Joliot Curie hatte zusammen mit seiner Frau Irene die künstlich radioaktiven Isotope entdeckt, war also die bedeutendste Autorität auf diesem Gebiet. Er bestätigte Griffons Gutachten. Vergeblich – Gautrat hatte bereits Griffons Glaubwürdigkeit erschüttert und konnte sich nun einer neuen Frage zuwenden: Woher stammt das Arsen in den Körpern der Toten? Gautrat rief: »Wer kann mir beweisen, daß es nicht aus der Friedhofserde stammt?«

Und nun spielte er seinen größten Trumpf aus. Denn auch er hatte die Zeit genutzt und eine Reihe wissenschaftlicher Werke über Bodenanalysen gelesen. Dabei war er auf eine wichtige Entdeckung gestoßen. Einige französische Wissenschaftler hatten die Tätigkeit der Bodenmikroben untersucht und dabei festgestellt, daß Bodenmikroben die Löslichkeit des Arsens in Wasser beeinflussen können. Zu diesen Wissenschaftlern gehörte auch Professor Truffert, Direktor einer Pariser Klinik.

Noch wußte niemand, was Rechtsanwalt Gautrat vorhatte, als er sich erhob und ums Wort bat. »Die Sachverständigen der Anklage behaupten, das Gift könne nur durch fremde Hand in die Körper der Toten gelangt sein. Aber seit mehr als hundert Jahren beschäftigen sich die Toxikologen mit der Frage, ob Arsen, das in jeder Erde vorhanden ist, nicht auch durch Wasser gelöst werden und in die Körper Verstorbener geraten könne. Seit mehr als einem Jahrhundert leugnen sie diese Möglichkeit. Damit aber mißachten die Experten die Erkenntnisse der neueren Wissenschaften. Ich meine die Erforschung der Lebensvorgänge im Erdboden.«

Gautrat beantragte, das Gericht möge seine Sachverständigen

hören. Das Gericht stimmte zu. Im Namen seiner Mitarbeiter sprach Professor Truffert über ihre Forschungen. Es gäbe Bodenbakterien, die zu ihrem Stoffwechsel keinen Sauerstoff brauchen. Sie siedelten sich mit Vorliebe dort an, wo Gärung und Fäulnis vorhanden sind. Man habe beobachtet, daß sich in der Umgebung solcher anaerober Bodenbakterien Arsen in hohen Mengen aus der Erde löse und mit Wasser verbinde. Zum Schluß faßte er zusammen: »Es läßt sich nicht mehr bestreiten, daß Bodenmikroben einen unberechenbaren Einfluß auf die Lösung von Arsen und dessen unterirdische Einwanderung in Tote haben. Dieses Ergebnis neuester Forschungen widerspricht den bisherigen Grundlehren der Giftkunde. Ebenso lassen diese neuesten Erkenntnisse die Möglichkeit zu, daß die großen Arsenmengen in den Toten von Loudun tatsächlich aus der Friedhofserde stammen und nicht von fremder Hand.«

Trufferts Ausführungen hatten die Sachverständigen der Anklage so stark beeindruckt, daß sie sich außerstande erklärten, jetzt dazu Stellung nehmen zu können. Sie wollten Trufferts Darlegungen erst sorgfältig prüfen. Der Prozeß mußte wiederum vertagt werden. Neue Untersuchungen begannen, die sich über sieben weitere Jahre ausdehnten. 1961 begann der dritte Prozeß.

Als Sachverständiger der Anklage trat Professor Truffaut auf, der schon im früheren Prozeß als Gutachter mitgewirkt hatte. Truffaut erklärte zu Beginn seines Berichts, nach sieben Jahren Untersuchung habe sich nichts ergeben, was den Verdacht gegen die Angeklagte entkräftet hätte. »Wir haben auch«, fuhr er dann fort, »Tote in Loudun untersucht, die gar nichts mit dem Giftmordfall zu tun hatten. Sie waren lediglich in der gleichen Erde bestattet worden wie die Vergifteten, und zwar in deren unmittelbarer Nähe. Wäre also Arsen aus der Erde in die Körper gelangt, so hätten auch sie Arsen enthalten müssen. Aber sie besaßen nicht eine Spur von Arsen! Andererseits waren drei der vermutlichen Opfer der Marie Besnard in derselben Gruft bestattet worden. Alle drei haben rund elf Jahre darin gelegen. Wenn Arsen von außen her in sie eingedrungen wäre, dann hätten sie einigermaßen gleich große Giftmengen enthalten müssen. Dem ist aber nicht so – wir fanden verschiedene Mengen Arsen. Kurz und gut, alle unsere Untersuchungen verneinen das Eindringen des Giftes von außen.«

Professor Truffert und seine Kollegen widersprachen. Sie hatten ebenfalls auf dem Friedhof von Loudun experimentiert. In einigen Abschnitten des Friedhofes hatten sie anaerobe Bakterien entdeckt, die das angeblich wasserunlösliche Arsen freigemacht hätten.

»An einigen Stellen!« rief Truffaut.

»Gewiß«, erwiderte Truffert ruhig, »an einigen Stellen. An anderen dagegen nicht. Können Sie, Monsieur Truffaut, mit absoluter Gewißheit sagen, daß die elf Toten nicht in der Nähe anaerober Bakterien gelegen haben?«

Truffaut schwieg. Er konnte auf diese rhetorische Frage nicht antworten. Denn jener Beweis war nicht zu erbringen. So kam Truffert schließlich unwidersprochen zu folgender fragwürdigen Zusammenfassung: »Unsere Experimente haben auch bestätigt, daß Haare nicht nur Arsen aus dem Körper, sondern auch Arsen aus der Umgebung so speichern können, daß es in einzelnen, voneinander getrennten Abschnitten zu finden ist, ganz besonders in der Nähe der Haarwurzeln. Dabei spielt wahrscheinlich die Mikrobenbesiedlung auf der Kopfhaut eine Rolle. Also: Der Irrtum der bisherigen Vorstellung beruht darauf, daß die ungeheure Vielfalt der Natur nicht genügend berücksichtigt wurde. Die Mikrobiologie ist jetzt in der Lage, dieser Vielfalt gerechter zu werden, auch wenn sie noch immer einer Reihe scheinbarer Widersprüche gegenübersteht. Diese zu erklären ist eine Aufgabe der Zukunft.«

Dann trat Professor Lemoigne in den Zeugenstand. Ihn hatte der Staatsanwalt beauftragt, Trufferts Theorien nachzuprüfen. Würde der Sachverständige der Anklage jetzt die endgültige Entscheidung im Streit der Experten bringen?

Er brachte sie nicht. Er mußte eingestehen, das derzeitige Wissen über die Rolle der anaeroben Bodenbakterien bei der Löslichkeit des Arsens ist noch zu gering. »Man muß generell sagen, daß die bakterielle Fäulnis der Pflanzen- und Tierreste die Lösbarkeit des Arsens fördert. Aber es ist unmöglich zu beurteilen, ob in einer

Erde Auflösung oder Nichtauflösung von Arsen stattfindet. Die Beurteilung dieser Frage hängt von zu vielen Faktoren ab, die sich noch unserem Einblick entziehen.«

Das war sozusagen das Schlußwort in einem neun Jahre dauernden Giftmordprozeß. Marie Besnard wurde mangels Beweisen freigesprochen.

Der Freispruch war vor allem ein Sieg Trufferts. Die Zweifel der Mikrobiologen mochten, für sich genommen, berechtigt sein. Im Gesamtzusammenhang vermögen sie weniger zu überzeugen als die Beweise der Anklage. In den elf Toten, von deren Tod die Besnard jedesmal profitiert hatte, waren tödliche Mengen von Arsen enthalten. Andere Tote dagegen, die in ihrer Nähe gelegen hatten, wiesen nur wenige Spuren von Arsen auf, die niemals zum Tode geführt hätten. Diese Tatsache konnte auch keine neue Erkenntnis der Mikrobiologie aus der Welt schaffen.

Der Fall Besnard zeigt, daß das jahrhundertalte Problem der Lösbarkeit von Arsen in Bodenfeuchtigkeit noch immer nicht eindeutig geklärt ist. Er zeigt aber auch, mit welch modernen Mitteln die Wissenschaft daran arbeitet. So birgt also der sozusagen »klassische Giftmord«, der Mord mit Arsen, zuweilen noch Rätsel, auch wenn ihm Gerichtsmediziner, Toxikologen, Physiker und Mikrobiologen bereits mit Hilfe der Atomwissenschaft zu Leibe rücken.

Die Nikotinmörder

Hätte sich der Fall des Grafen de Bocarmé nicht tatsächlich zugetragen, könnte man ihn für einen romantischen Schauerroman halten. Und es ließe sich auch keine bessere Kulisse für diese Mordtat ausdenken, als sie das belgische Schloß Bitremont bietet. Solche Schlösser mögen Doré zu seinen düster-phantastischen Zeichnungen für Balzacs TOLLDREISTE GESCHICHTEN angeregt haben. Ein bleiern wirkender versumpfter See, dahinter, von Ulmen und Pappeln umstanden, die niedrige breite Vorderfront des Schlosses, seine schmalen dunklen Fenster, die gedrungenen Türme mit ihren Spitzdächern, die von Kreuzen und Wimpeln gekrönt werden – so sah der Schauplatz einer tatsächlich »tolldreisten Geschichte« aus.

An einem Novembertag 1850 besuchte Gustav Fougnies, ein vom väterlichen Erbe lebender junger Mann, seine Schwester Lydie auf Schloß Bitremont.

Lydie war seit sieben Jahren mit dem Schloßbesitzer, dem Grafen Hippolyte de Bocarmé, verheiratet. Lydie, Tochter eines Apothekers, hatte in der Heirat mit dem Grafen die Erfüllung ihrer Träume gesehen. Geschah es doch selten genug, daß ein Adliger ein bürgerliches Mädchen zur Frau nahm. Sie hatte damals allerdings nicht geahnt, daß den Grafen allein ihr Vermögen interessierte, mit dem er seinen heruntergewirtschafteten Besitz sanieren wollte. Bocarmé war ein wilder hemmungsloser Mensch, der kaum lesen und schreiben konnte. Er hatte jahrelang in Amerika ein unstetes Leben geführt. Nach seiner Rückkehr hatte er sich auf Schloß Bitremont niedergelassen. Hier beschäftigte er sich mit naturwissenschaftlichen Experimenten. Zu diesem Zweck hatte er sich in der Waschküche ein Laboratorium eingerichtet. Hier hantierte er mit Gläsern, Kolben und Apparaten. Sein Gärtner Deblicqui half ihm dabei. So hatte Deblicqui in den Monaten, die dem Besuch des Schwagers von Bocarmé vorausgingen, dem Grafen auch bei der Herstellung von Eau de Cologne geholfen und mit ihm viele Tage und Nächte beim Destillieren zugebracht.

Nun also, am 20. November, traf der Schwager gegen Mittag in Bitremont ein. Gustav wollte seiner Schwester und ihrem Mann mitteilen, daß er in Kürze heiraten wolle. Schon im Frühjahr hatte Gustav seine Schwester davon in Kenntnis gesetzt, daß er das Schloß einer verarmten Adelsfamilie gekauft und sich mit der Besitzerin verlobt hatte. Gustav ahnte nicht, welche Reaktion seine Mitteilung über die bevorstehende Heirat bei Schwester und Schwager auslöste. Die Rente, die Lydie nach dem Tode des Vaters geerbt hatte, reichte nicht aus, um Bocarmés riesige Schulden zu decken. Der

Graf liebte ein ausschweifendes Leben. Prunksucht und Zechgelage hatten ihn längst ruiniert. Er mußte ein Stück Land nach dem anderen verkaufen, ohne jedoch von seinen Schulden loszukommen. Gustav aber hatte den größten Teil des väterlichen Vermögens erhalten. Heiratete er nun, hatte Lydie keine Aussicht, einst ihren Bruder zu beerben. Diese Hoffnung, den Bruder zu beerben, war durchaus nicht utopisch. Gustav war sehr krank. Nach der Amputation eines Unterschenkels ging es mit ihm gesundheitlich immer mehr bergab. Lydie rechnete mit seinem baldigen Tod. Und nun durchkreuzten seine Heiratspläne alle Hoffnungen der beiden Bocarmés auf sein Vermögen.

Gegen Mittag des 20. Novembers sah Emmerance Bricourt, die Zofe der Gräfin, den Wagen mit Gustav Fougnies vorfahren. Der blasse Mann mit dem tiefschwarzen Haar und dem Bärtchen auf der Oberlippe entstieg nur mit Mühe dem Wagen – er ging auf Krücken. Am Nachmittag, als das Essen zubereitet war, wunderte sich Emmerance, daß die Dienerschaft die Speisen nur in den Vorraum des Speisezimmers bringen durfte. Dort nahm die Gräfin die Schüsseln in Empfang und trug sie selbst hinein. Die Kinder, die sonst zusammen mit den Eltern das Essen einnahmen, mußten diesmal in der Küche essen.

Eine halbe Stunde später hörte Emmerance im Speisesaal ein dumpfes Gepolter und bald darauf einen schrecklichen Schrei, dem einige gurgelnde Rufe folgten. Als Emmerance zum Speisesaal eilte, trat die Gräfin heraus und forderte: »Schnell, heißes Wasser, Gustav stirbt!« Sie schloß die Tür hinter sich und lief an Emmerance vorbei in die Küche. Emmerance betrat den Speisesaal. Sie sah Gustav auf dem Boden liegen, neben ihm seine Krücken. Er bewegte sich nicht mehr.

Graf Bocarmé keuchte und war völlig außer Atem. Seine Hände waren voller blutiger Kratzer. Bocarmé befahl Emmerance, den Kutscher Gilles zu holen.

Als Gilles erschien, trug ihm der Graf auf, aus dem Keller eine Flasche Weinessig zu holen. Dann mußte Gilles den Toten nackt ausziehen und ihm Weinessig in den Mund gießen. Schließlich sollte er über den ganzen Körper Essig schütten. Emmerances Entsetzen wuchs, als Gilles auf Anordnung des Grafen Gustavs Leiche in ihr Zimmer schaffte und auf ihr Bett legte. Aber sie wagte nicht zu widersprechen. Die Anwesenheit des Toten in ihrer Kammer und der Anblick seines zerfressenen Gesichts trieben Emmerance hinaus. Sie beobachtete, was nun weiter geschah.

Die ganze Nacht über waren der Graf und seine Frau damit beschäftigt, Spuren im Speisesaal zu beseitigen. Sie scheuerten die Holzdielen und kratzten mit dem Messer breite Späne ab. Die Gräfin trug Gustavs Kleidung in die Waschküche und warf sie in kochendes Seifenwasser.

Am nächsten Morgen nahm Emmerance all ihren Mut zusammen und ging zum Pfarrer. Sie berichtete, was sie gesehen hatte, und fragte, was sie nun tun solle. In diesem Augenblick kam ein Bote aus Tournai und teilte dem Pfarrer mit, der Untersuchungsrichter werde am nächsten Tag nach Schloß Bitremont kommen, er habe gehört, dort hätten sich merkwürdige Dinge ereignet.

Untersuchungsrichter Heughebaert erschien am 22. November mit mehreren Gendarmen und drei Ärzten im Ort. Er begab sich zuerst allein ins Schloß. Aber der Graf war nicht zu sprechen. Heughebaert ließ sich von der Gräfin den Toten zeigen. Als er Gustavs entstelltes Gesicht sah, wurde ihm klar, daß ein Verbrechen geschehen war. Der Verdacht verstärkte sich noch, als der Graf schließlich erschien und Heughebaert seine verletzten Hände sah. Er ließ die Ärzte ins Schloß kommen und den Toten untersuchen.

Die Ärzte überzeugten sich davon, daß Gustav keines natürlichen Todes gestorben war. Sie fanden Gesicht, Mund, Speiseröhre und Magen so stark verätzt, daß sie eine Vergiftung durch Schwefelsäure vermuteten. Heughebaert hielt es für notwendig, eine toxikologische Untersuchung vornehmen zu lassen. In seiner Anwesenheit wurden die entsprechenden Organe, vor allem die verätzten, entnommen.

Heughebaert brachte noch am gleichen Abend das Material nach Brüssel. Er hatte sich erinnert, daß an der Militärschule ein Chemiker namens Jean Servais Stas arbeitete, der durch wissenschaftliche Abhandlungen bekannt geworden war. Stas hatte, vom Dichter Dumas finanziell unterstützt, bei Orfila und anderen Kapazitäten in Paris studiert und einige beachtliche Beiträge zur theoretischen Chemie veröffentlicht. In unermüdlicher Kleinarbeit hatte er sich ein eigenes Laboratorium eingerichtet.

Hierhin brachte der Untersuchungsrichter die entnommenen Organe zur toxikologischen Untersuchung. Er teilte Stas mit, daß die Ärzte eine Vergiftung durch Schwefelsäure vermuteten.

Stas hat später selbst über seine Untersuchung der asservierten Organe berichtet. Deshalb wissen wir heute genau, in welchen Stufen Stas dieses raffinierte Verbrechen aufdeckte. Dabei gelang ihm eine Entdeckung, die bis dahin für unmöglich gehalten wurde.

Zuerst einmal wies Stas nach, daß nicht Schwefelsäure die Verätzungen erzeugt hatte.

Ihm fiel der Essiggeruch an den Organen auf. Heughebaert erklärte Stas, große Mengen von Weinessig seien dem Toten in den Mund gegossen worden. Stas meinte, auch Essigsäure könne das Gewebe nicht so tief zerstören. Vielleicht sollte der aufdringliche Essiggeruch nur ein anderes Gift verdecken? Mit dieser unbestimmten Vermutung ging Stas nun an die eigentliche Arbeit.

Aus dem Inhalt von Magen und Darm stellte er durch Destillieren und Filtern einen dicken Extrakt her, der seinen Essiggeruch beibehielt. Einer Probe des Extrakts setzte er Kalilösung zu. Dabei veränderte sich der Geruch. Es war, wie Stas sagte, der Geruch von Mäuseharn. Dieser Geruch tritt beispielsweise auch bei Koniin, dem giftigen Alkaloid des Schierlings, auf. Stas mußte in diesem Augenblick betroffen innegehalten haben. Wenn er soeben tatsächlich auf ein Alkaloid gestoßen sein sollte, hatte er damit eine bedeutsame Entdeckung gemacht: nämlich ein organisches Gift, ein Pflanzengift, in einem Leichnam nachzuweisen. Das war bisher noch niemandem gelungen.

Alkaloide sind stickstoffhaltige Substanzen, die in bestimmten, meist tropischen oder subtropischen Pflanzen enthalten sind. Sie sind basischer Natur, häufig kristallin und in Wasser meist schwer löslich. Morphin, Kokain, Strychnin, Koniin gehören zu diesen

Alkaloiden. In geringster Menge haben manche von ihnen eine heilsame Wirkung und sind Bestandteil von Arzneimitteln oder Arzneimittel selbst. In größerer Menge wirken sie tödlich – wobei diese »größere« Menge oft nur Milligramme, höchstens Zehntelgramme beträgt.

Stas wiederholte seinen Versuch. Er setzte einer Probe des Extrakts nochmals Wasser und Alkohol zu, filtrierte, gab Kalilösung hinein, verdampfte, versetzte mit reinem Äther, bis eine Emulsion entstand. Dann füllte er den Äther, nachdem er sich von der übrigen Flüssigkeit wieder getrennt hatte, in eine Schale. Als der Äther verdunstet war, blieb ein brauner Bodensatz zurück. Sein stechender Geruch erinnerte an Tabak. Eine winzige Spur davon machte Stas' Zunge für einige Stunden taub. Stas wiederholte die Prozedur sechsmal. Er kam immer wieder auf den gleichen Bodensatz mit dem typischen Tabakgeruch zurück. Er vermutete, daß er Nikotin gefunden hatte.

Nun führte er alle bekannten Nikotinnachweise durch. Danach war er sich völlig sicher, daß er im Körper des Toten Nikotin nachgewiesen und damit ein Verfahren zur Feststellung organischer Gifte im menschlichen Körper entdeckt hatte.

Stas begründete seine Entdeckung später theoretisch. Er erkannte, daß sich dabei der Zufall mit dem systematischen Vorgehen des Chemikers verbunden hatte. Für diesen Nachweis war nämlich nicht nur reiner Äther, sondern auch das Vorhandensein einer Säure notwendig. Das war die Essigsäure gewesen, die den Organen des Ermordeten anhaftete. Es lag eine besondere Ironie darin, daß der Mörder mit der Essigsaure die Nikotinvergiftung tarnen wollte und damit den Beweis seines Verbrechens ermöglichte.

So konnte Stas wenige Tage später dem Untersuchungsrichter Heughebaert beweisen, daß Gustav Fougnies mit Nikotin vergiftet worden war. Bereits fünfzig Milligramm reiner Nikotinbase genügen, um einen Menschen zu töten. Fougnies war das Vielfache dieser Menge eingeflößt worden.

Nun konnte die kriminalistische Ermittlung auf den Erkenntnissen von Stas aufbauen. Heughebaert erbrachte Schritt für Schritt die Beweise für den Giftmord. Als er vom Gärtner Deblicqui erfuhr, daß dieser dem Grafen bei der Herstellung eines »Eau de Cologne« geholfen und Bocarmé dazu große Mengen von Tabakblättern verwendet hatte, wußte er, daß er nun auf der richtigen Spur war.

Bocarmé, so stellte Heughebaert fest, hatte im Frühjahr in Gent einen Chemiker aufgesucht. Der Graf hatte ihm erzählt, seine in Amerika lebenden Verwandten wären Angriffen von Indianern ausgesetzt, die pflanzliche Pfeilgifte, u. a. auch Nikotin, verwendeten. Er wolle ein Gegengift herstellen. Nachdem Bocarmé von dem Chemiker erfahren hatte, daß sich organische Gifte wie Nikotin im Körper nicht nachweisen ließen, hatte er sich die Herstellung von Nikotin aus Tabakblättern genau beschreiben lassen. Er beschaffte sich dann die notwendigen Apparaturen und stellte in seinem Waschküchenlabor das Nikotin her. Den Gärtner aber ließ er glauben, es handele sich dabei um Eau de Cologne.

Bei einer gründlichen Hausdurchsuchung entdeckte Heughebaert die Apparate und einen Rest des Giftes in einem Versteck in der Deckentäfelung.

Im Mai 1851 begann der Prozeß gegen das Mörderehepaar vor dem Schwurgericht in Mons. Die Mörder versuchten zu leugnen und sich gegenseitig zu beschuldigen. Die Beweise waren unwiderlegbar. Die Geschworenen sprachen Bocarmé des Mordes schuldig. Er wurde zum Tode verurteilt und hingerichtet. Da in Frankreich die Geschworenen damals eine Frau, zudem eine Dame der Gesellschaft, ungern aufs Schafott schickten, sprachen sie Lydie – obwohl sie schließlich zugegeben hatte, am Mord beteiligt gewesen zu sein – frei.

Bocarmés Einfall, Nikotin für einen Giftmord zu verwenden, erschien damals neuartig und sensationell. In unserem Jahrhundert dagegen sind eine größere Anzahl vorsätzlicher Vergiftungen mit Nikotin bekannt geworden. Bereits Anfang der dreißiger Jahre, als immer mehr nikotinhaltige Schädlingsbekämpfungsmittel verwendet wurden, hörte man immer öfter von tödlichen Nikotinvergiftungen. In manchen Pflanzenschutzmitteln befindet sich

Nikotin in einer Konzentration von 95 bis 100 Prozent, und zwar in Form von Nikotinbase. Davon wirken, wie schon Stas feststellte, bereits 50 Milligramm tödlich. Das sind nur wenige Tropfen. Die Nikotinbase wird rasch von den Schleimhäuten absorbiert.

Bocarmé hatte damals aber wahrscheinlich nicht Nikotinbase benutzt, sondern Tabaksud. Tabak wird mit Wasser übergossen. Die dann filtrierte Lösung enthält geringer konzentriertes Nikotin. Obwohl es deshalb nicht so stark ist, hat es ebenfalls eine Reihe von Todesfällen verursacht.

Da Nikotin, ob als Base oder als Sud, widerlich und beizend schmeckt, ist es als Mordgift ungeeignet. Wenn trotzdem Mordversuche mit Nikotin unternommen werden, so geschehen sie meist zugleich mit einem gewaltsamen tätlichen Angriff auf das Opfer. Schon Bocarmé und seine Frau hatten Gustav zu Boden geworfen und ihm das Gift gewaltsam in den Mund geschüttet.

Das Landesinstitut für gerichtliche Chemie in Budapest berichtete über einige Fälle, in denen die Täter ähnlich vorgingen. Der eine Fall ereignete sich 1968. Ein älterer Mann geriet mit seinem Sohn in Streit. Dabei griff der Vater nach einer Flasche und schüttete dem Sohn die darin enthaltene Flüssigkeit auf Gesicht und Kleidung. Verätzungen im Gesicht zwangen den Sohn, eine Klinik aufzusuchen. Dort traten Lähmungserscheinungen in den Beinen auf. Heftiges Erbrechen folgte. Dann stellten sich Bewußtseinsstörungen ein. Im Erbrochenen fand sich Nikotin. Es gelang, den Patienten am Leben zu erhalten. Bei seiner Vernehmung erklärte der Vater, er habe aus etwa zwanzig Zigarettenstummeln einen Nikotinsud hergestellt. Daraufhin wurde auch der Pullover des Sohnes untersucht. Bereits der beizende Geruch des Pullovers deutete darauf hin, daß für den Anschlag nicht Tabaksud, sondern Nikotinbase verwendet worden war. Es wurde dann auch spektroskopisch und chemisch Nikotin nachgewiesen, und zwar am Pullover in einer Gesamtmenge von 2,35 Gramm. Es war tatsächlich Nikotinbase und stammte in hochkonzentrierter Form von einem Pflanzenschutzmittel.

Ein anderer Fall zeigte die gleichen Merkmale eines tätlichen Angriffs. Ein Ehepaar war wegen zerrütteter Ehe geschieden worden. Der Mann wollte sich nicht mit der Scheidung abfinden und bewog seine Frau, zu ihm zurückzukehren. Aber es änderte sich nichts, die Spannungen eskalierten. Eines Nachts, als beide im Bett lagen, kam es erneut zu Auseinandersetzungen. Die Frau nahm ein Flacon und spritzte ihrem Mann eine Flüssigkeit ins Gesicht. Er schrie auf und wollte sich auf die Frau stürzen, aber sie entkam. Es gelang ihm, sie einzuholen. Er schlug sie, und sie spritzte ihm nochmals Flüssigkeit aus dem Flacon in die Augen. Der Mann brach zusammen und starb.

Bei der Obduktion fanden sich Verätzungen im Gesicht. Die Schleimhaut des linken Auges und die Lippen hingen in Fetzen. Die Zunge war rotbraun verschorft. In der Schleimhaut des Magens wurden Blutungen festgestellt. Die Untersuchung der Restflüssigkeit im Flacon ergab, daß es Nikotinbase war, in einer Konzentration von 84 Prozent. Ihre Menge betrug noch 1,42 Gramm.

Hier stellt sich die Frage, wieso diese scheinbar nur äußeren Verletzungen tödlich waren. Aber in Wirklichkeit handelte es sich nicht um äußere Verletzungen. Die Schleimhäute absorbieren Nikotin sehr rasch. In diesem Fall war also das Nikotin durch die Schleimhäute des Mundes und durch das Auge in den Körper gelangt. So fand man bei der Obduktion im linken Auge drei, in der Speiseröhre und auf der Zunge fast drei und im Magen noch mehr als drei Milligramm Nikotin. Über 50 Milligramm waren bereits ins Blut übergegangen, so daß der Tod durch eine akute Nikotinvergiftung eingetreten war.

Im Unterschied zu Bocarmés Giftmord war in diesen beiden Fällen nicht erwiesen, ob die Täter ihre Opfer ermorden oder bloß bestrafen wollten. Auch benutzten die Täter das Gift in einer Streitsituation, also im Affekt.

Eindeutige Nikotinmorde sind weit seltener, weil, wie schon gesagt, der beizende Geruch und Geschmack das Opfer warnen würden. Das Institut für gerichtliche Medizin in Szeged berichtete von drei Mordtaten durch Nikotin. In allen drei Fällen versetzten die Mörder ein Getränk mit Nikotinbase. Das Opfer starb jeweils nach ein oder zwei Schluck innerhalb weniger Sekunden. Die durch das Gift verursachten charakteristischen Verätzungen und der scharfe Nikotingeruch verrieten jedoch sofort, daß eine Nikotinvergiftung vorlag.

Wenn also ein Nikotinmord nicht zu vertuschen ist, fragt es sich, warum die Täter trotzdem dieses Risiko auf sich nahmen. Die Vorgeschichte dieser drei Mordfälle gibt die Antwort darauf. Im ersten Fall tötete eine Ehefrau ihren Mann. Sie hatte ein Liebesverhältnis mit einem anderen und wollte sich ihres Mannes entledigen. Im zweiten Fall brachte ebenfalls eine Ehefrau ihren Mann um, weil die Ehe zerrüttet war. Im dritten Fall ermordete ein Landarbeiter seine Geliebte, die ein Kind von ihm erwartete. Er hatte sich inzwischen in ein anderes Mädchen verliebt.

Die Gerichtsmediziner von Szeged zogen daraus die Schlußfolgerung, »daß die Täter deshalb bei der Wahl des Giftes weniger Vorsicht ... verrieten. Es scheint, als ob der vom Sexualtrieb beherrschte Mordentschluß mit solch einer Kraft auftritt und der Wunsch der Befreiung vom unerwünschten Partner so groß ist, daß die Täter das rasch und bestimmt wirkende Nikotin wählen und die Vorsichtsbedenken in den Hintergrund treten. Mit anderen Worten: Die Furcht vor den Folgen der Tat wird vollkommen unterdrückt durch den Wunsch nach Befreiung, der wieder hervorgerufen wird durch den Wunsch der Fortsetzung bzw. des Ausbaus neuer sexueller Verbindungen.«

Ein zweifelhafter Freispruch

Viele Gerichtsprozesse, die zu ihrer Zeit zu Sensationsprozessen wurden, sind heute vergessen. Neue und immer gewalttätigere Verbrechen verdrängen die Erinnerung an vergangene. Trotzdem bieten auch diese immer noch interessante Einblicke in die gerichtsmedizinische und juristische Beweisführung, in deren Erfolge und Irrtümer und ihre wissenschaftsgeschichtlich bedingten Grenzen.

Ein Beispiel dafür ist der Hußmann-Prozeß, der trotz überzeugender gerichtsmedizinischer Beweise mit einem Freispruch des mutmaßlichen Mörders Hußmann endete.

Das Verbrechen spielte sich in einer Märznacht 1928 in Gladbeck ab.

Schulrektor Daube und seine Frau wurden morgens gegen halb vier aus dem Schlaf geschreckt. Draußen auf der Straße rief jemand um Hilfe. Die Eheleute lauschten. Die Rufe wiederholten sich noch mehrmals, wurden aber immer schwächer.

Daube verließ schließlich das Bett und trat ans Fenster. Im Schein einer entfernten Gaslaterne sah er eine Gestalt auf dem Fußweg vor dem Haus liegen. Eine zweite Gestalt erhob sich gerade aus ihrer gebückten Haltung und eilte davon.

»Was ist denn?« fragte Frau Daube schlaftrunken.

»Zwei Männer. Irgendein Streit. Einer liegt auf dem Bürgersteig. Wahrscheinlich betrunken.«

Daube ging wieder ins Bett.

»Ist denn Helmut schon zu Hause?« fragte seine Frau.

»Ich glaube nicht. Habe ihn jedenfalls nicht heimkommen gehört.«

Daube und seine Frau schliefen bald wieder ein.

Anderthalb Stunden später – es war kurz nach fünf – erwachte der Rektor erneut. Der Schein einer Handlaterne huschte mehrmals über die Fensterscheiben. Von der Straße her kamen Geräusche und Stimmen. Daube trat wiederum ans Fenster und erblickte mehrere Männer, darunter zwei Polizisten. Die Gestalt lag noch immer auf dem Pflaster. Im Schein von Handlaternen erkannte Daube den Arzt Dr. Lichey, der nebenan wohnte.

Daubes Neugier war geweckt. Er ließ seine Frau weiterschlafen, kleidete sich an und ging hinaus auf die Straße. Er wandte sich an Dr. Lichey, der sich mit einem Herrn unterhielt. »Was ist denn passiert, Doktor?« fragte Daube.

Lichey wies auf die reglose Gestalt. »Ein Mord.«

Daube trat näher und erschrak. Vor ihm lag ein Mann mit durchschnittener Kehle. »Um Himmelswillen«, sagte Daube, »ich bin vorhin aufgewacht und habe hinausgeschaut und einen Mann weglaufen sehen.«

»Haben Sie ihn denn erkannt?« fragte der Herr neben Lichey.

»Dazu war es zu dunkel.«

»Kriminalkommissar Detlefsen«, stellte sich der Frager vor. Und fügte hinzu: »Kennen Sie den Toten?«

»Nein«, erwiderte Daube. Er beugte sich über das blutverschmierte Gesicht. »Nein, bestimmt nicht«, wiederholte er. Er wollte sich schon dem schrecklichen Anblick entziehen, als sein Blick auf den Mantel des Toten fiel. Er bückte sich und nahm den Mantelsaum in die Hand.

»Mein Gott!« schrie Daube auf. Er richtete sich taumelnd auf. »Es ist unser Sohn! Helmut!«

»Helmut?« fragte Dr. Lichey bestürzt. »Ich habe ihn nicht erkannt.« Er blickte auf das entstellte blutige Gesicht. »Wie sollte ich auch.«

Kriminalkommissar Detlefsen erfuhr bruchstückhaft von dem völlig gebrochenen Vater, daß sein Sohn vor wenigen Tagen das Abitur abgelegt und gestern Abend mit einigen Freunden den Schulabschluß gefeiert hatte. Auch einige »Alte Herren« hatten am Bierabend teilgenommen, unter ihnen ein Kollege von Dr. Lichey. Der Arzt erbot sich, den Kollegen anzurufen, ob er vielleicht irgendeinen sachdienlichen Hinweis über den Verlauf des Kommers geben könnte.

Dr. Lichey kehrte bald darauf zurück und berichtete, sein Kollege und zwei weitere Herren seien heute morgen mit Helmut Daube und dessen Freund Hußmann heimgekehrt. Gegen 3 Uhr 10 hätten sie sich dann von den beiden jungen Leuten getrennt. Hußmann also hatte wahrscheinlich als letzter Helmut Daube lebend gesehen. Dr. Lichey erbot sich, auch Hußmann anzurufen.

Inzwischen war es sechs Uhr geworden. Lichey rief bei Hußmanns Pflegeeltern an, ließ Hußmann ans Telefon holen und teilte ihm mit, sein Freund sei ermordet worden. Hußmann versprach, sofort zum Tatort zu kommen.

Wenig später traf Hußmann mit dem Fahrrad ein. Stumm begrüßte er den Vater seines Freundes. Kommissar Detlefsen forderte Hußmann auf, sich den Toten anzusehen. Hußmann lehnte das ab. Sein Verhalten wirkte kalt und gleichgültig.

In Rektor Daubes Wohnung vernahm Kommissar Detlefsen den Freund des Toten etwas genauer. Vor allem interessierte ihn der Zeitablauf nach Ende der Abiturfeier. Als fester Eckpunkt des Geschehens galt 3 Uhr 10, als sich – wie inzwischen von den anderen Zeugen bestätigt – Daube und Hußmann von diesen getrennt hatten. Hußmann sagte, er habe Daube gebeten, ihn noch bis zu sich nach Hause zu begleiten. Daube habe auch eingewilligt. Vor Hußmanns Wohnung hätten sie sich dann voneinander verabschiedet, Daube sei allein nach Hause gegangen. Was danach geschehen sei, wisse er natürlich nicht.

»Wann etwa hat Helmut Sie verlassen?«

»Wenn die Herren sagten, wir hätten uns um 3 Uhr 10 getrennt, brauchten wir noch etwa zehn Minuten bis zu mir. Er hat sich also gegen 3 Uhr 20 von mir verabschiedet.«

Detlefsen notierte sich Weg und Zeit. Da erblickte er auf Hußmanns Schuhen eingetrocknete Blutstropfen. Der Form nach zu urteilen, waren sie von oben herabgefallen.

»Was sind das für Blutstropfen auf Ihren Schuhen?«

»Nasenbluten, Herr Kommissar.«

»Wann?«

»Ich weiß nicht mehr. Ist möglicherweise auch Katzenblut. Habe vor zwei Tagen eine Katze getötet. Wissen Sie, diese Katzen sind eine Plage. Wenn ich eine erwische, töte ich sie.«

Detlefsen und seine Mitarbeiter beschlossen, in Hußmanns Wohnung eine Haussuchung vorzunehmen.

Hußmann wohnte bei seinen Pflegeeltern. Der Pflegevater war ebenfalls Schulrektor, seine Frau war mit Hußmann verwandt. Die Pflegeeltern konnten nicht sagen, wann Hußmann nachts heimgekehrt war, konnten also auch nicht bestätigen, ob er um 3 Uhr 20 die Wohnung betreten hatte. Die Kriminalisten fanden auch an Hußmanns Mantel Blutflecken, desgleichen an der linken Manschette seines Oberhemdes. Detlefsen nahm Hußmann in Untersuchungshaft.

Kurz zuvor hatten die Polizisten eine grausige Entdeckung gemacht. Als Helmut Daubes Leiche aufgehoben und ins Gerichtsmedizinische Institut verbracht werden sollte, sahen sie, was der Mantel bisher verborgen hatte. Helmut Daubes Geschlechtsteile waren abgeschnitten worden.

Dieser Tatbestand gab dem Mord einen neuen, einen sexuellen Aspekt. Möglicherweise handelte es sich um einen Lustmord – wenn auch Lustmord an einem Mann ungewöhnlich wäre. Es konnte aber auch ein sexuell motivierter Racheakt oder eine Bestrafung aus Eifersucht sein. Auf jeden Fall deutete die Tat auf ein Beziehungsverbrechen hin. Und da inzwischen bekannt war, daß zwischen Hußmann und Daube eine enge freundschaftliche Beziehung bestanden hatte, ermittelte die Kriminalpolizei nun verstärkt in dieser Richtung weiter, zumal sich bereits durch die blutigen Schuhe und das Blut an Mantel und Hemdsärmel ein Verdacht gegen Hußmann ergeben hatte.

Auch hatte sich erwiesen, daß Hußmann über die letzten Minuten seines Zusammenseins mit Daube gelogen hatte. Das Weg-Zeit-Diagramm hatte ergeben, daß Daube unmöglich den Hußmann erst zu dessen Wohnung begleitet haben konnte. Wäre das der Fall gewesen, wäre er nicht bereits um 3 Uhr 30 bei seiner eigenen Wohnung angekommen. Daß er um 3 Uhr 30 ermordet wurde, stand fest, da sich sein Vater genau an die Zeit erinnerte, als er aufgestanden, zum Fenster getreten war und den Schlußakt des Verbrechens gesehen hatte.

Die kriminalistischen Ermittlungen verliefen – ebenso wie die spätere Gerichtsverhandlung – äußerst kompliziert. Zweifellos lag ein sexuell motiviertes Verbrechen vor. In dieses Verbrechen verwickelt waren als Opfer wie als mutmaßlicher Täter zwei Neunzehnjährige, die bis vor wenigen Tagen zu einem festen, gleichaltrigen Klassenverband gehört hatten. Die Klassenkameraden sollten nun über Beziehungen aussagen, die für sie hinter einer zweifachen Hemmschwelle lagen. Einmal gehörte es zur Klassenehre, einen Kameraden nicht durch belastende Aussagen in Schwierigkeiten zu bringen. Zum andern ging es um eine heikle sexuelle Problematik, deren Erörterung damals noch weitgehend tabuisiert war. Trotzdem ergab die Ermittlung genügend Verdachtsmomente gegen Hußmann, die am Ende auch zu Anklageerhebung und Gerichtsprozeß führten.

Hußmanns Freundschaft mit Daube war eng, aber auch spannungsreich gewesen. Beide waren sehr unterschiedliche Charaktere. Daube war ein verschlossener sensibler Junge, zugleich aber selbstbewußt und geltungsbedürftig. Hußmann dagegen wirkte kontaktfreudig, angepaßt, manchmal auf süßliche Art schmeichlerisch. Auch kannte man an ihm Anfälle von Jähzorn und Aggressivität.

Die Freundschaft zwischen beiden war im vorletzten Schuljahr durch ein gemeinsames Interesse entstanden. Daube und Hußmann suchten ihr Bedürfnis nach Anerkennung in einem sogenannten Bibelkreis zu befriedigen. Dieser Bibelkreis, den Hußmann einige Zeit leitete, sollte, wie die Satzung sagte, der sittlichen Hebung des Lebens dienen, den Mitgliedern helfen, durch Gebete Gott näher zu kommen und sie zu befähigen, dem Kreis Fernstehende zu bekehren. Auch Daube gehörte dem Bibelkreis an, er hatte ausgesprochen theologische Interessen. Er und Hußmann waren sich darin einig, den Bibelkreis zu »reformieren«.

Daube, ein Mensch mit strengen ethischen Grundsätzen, merkte aber bald, daß sich Hußmanns religiöse Schwärmerei nicht mit dessen Lebensführung vereinbaren ließ. Nicht nur mißhandelte Hußmann jüngere Schüler, er war auch gegenüber Mitschülern und kleineren Jungen sexuell aggressiv. Seine homosexuellen Neigungen waren bekannt, und wahrscheinlich kam es auch mit Daube zu einer solchen Beziehung. Daubes Mutter sagte unter Eid aus, Helmut habe ihr das gestanden. Zugleich litt Daube wohl unter diesem Verhältnis, dem er sich nicht entziehen konnte, obwohl er es versuchte. Vor allem wuchs die dadurch bedingte Spannung zwischen beiden, als Daube ein Mädchen kennenlernte. Hußmann war sehr eifersüchtig und trachtete danach, die Beziehung zu dem Mädchen zu zerstören. Zum offenen Konflikt kam es mit Daube, als dieser kurz vor dem Abitur Hußmann mitteilte, er wolle Gladbeck verlassen und woanders ein Studium beginnen. Hußmann fürchtete, sein Freund würde den räumlichen Abstand benutzen, um sich endgültig von ihm zu trennen.

Noch am Tag des Mordes hatte die Obduktion Daubes stattgefunden. Sie hatte für die Klärung des Falles wichtige Befunde erbracht, die auszugsweise wiedergegeben werden:

Ober- und Unterlippe sind durch lange scharfe Schnitte durchtrennt. Die gesamten Weichteile des Halses oberhalb des Schildknorpels sind bis auf die Wirbelsäule durchtrennt. Der Schnitt ist fast 17 cm lang, die Wunde klafft etwa 10 mm auseinander. Die große Halsschlagader, Vagus und Drosselvene sind durchtrennt.

Der Penis ist bis auf einen kurzen Stumpf abgeschnitten. Der Hodensack, die Hoden und ein großer Teil der Bauchhaut sind entfernt worden.

An den Fingern beider Hände finden sich Abwehrverletzungen. Die Schnitte sind tief und reichen bis auf die Fingerknochen.

Abschließend heißt es im Gutachten: Der Tod ist erfolgt durch Schnittverletzungen der großen Halsgefäße rechts und links des Kehlkopfs. Nach Art der Verletzung liegt fremde Schuld vor.

Mit diesem gerichtsmedizinischen Befund war noch kein Hinweis auf den möglichen Täter gegeben. Erst die Untersuchung der Blutspuren an Hußmanns Kleidung verstärkte den Verdacht gegen Hußmann erheblich.

Dem chemischen Untersuchungsamt Recklinghausen, das die Analyse vornahm, standen die Blutspuren am Mantel, an den

Schuhen und am linken Hemdsärmel Hußmanns zur Verfügung. Besonders zahlreiche Blutflecken fanden sich an den Schuhen, und zwar auf den Kappen wie an der Innenseite. Diese waren teilweise an der Naht eingetrocknet. Alle diese Blutspuren gehörten zur Blutgruppe A. Der Ermordete hatte ebenfalls die Blutgruppe A. Hußmann dagegen die Blutgruppe 0. Somit war Hußmanns Behauptung widerlegt, das Blut an seiner Kleidung wäre entweder Katzenblut oder eine Folge seines Nasenblutens. Das Ergebnis dieser Analyse war, wie die Berichterstatter, die Professoren Müller-Hess und Hübner schrieben, »ein schwerwiegendes Indizium im Rahmen des gesamten Tatbestandes«.

Müller-Hess und Hübner haben anhand der Polizeifotos und des Obduktionsbefundes den vermutlichen Tathergang rekonstruiert. Darüber hieß es in ihrem Bericht u. a.:

»Der Haupthalsschnitt beginnt links unten spitzwinklig und endet rechts oben in der Gegend des rechten Warzenfortsatzes breit klaffend mit ausgerundetem rechten Wundwinkel. Die Wundränder lassen erkennen, daß der Täter im Zuge des Schnittes die Richtung des Messers geändert hat. Der Schnitt muß von links nach rechts geführt worden sein. Wenn man sich das vergegenwärtigt, muß der Täter hinter seinem Opfer oder links seitwärts von ihm gestanden haben. Damit stimmen auch die Abwehrverletzungen überein, welche der Getötete an seinen Händen aufwies. Offenbar hat der Ermordete mit beiden Händen das Messer von seinem Halse abzuhalten versucht, wobei die Schneide desselben über die Kleinfingerkante der rechten Hand wuchtig hinweggezogen ist, so daß dort die Weichteile bis auf die Knochen durchschnitten worden sind. Der rechte Daumen, mit welchem der Getötete wahrscheinlich hinter das Messer gegriffen hat, hat wiederum eine ziemlich tiefe Schnittwunde davongetragen. Die Schnittverletzungen an den Lippen sind wahrscheinlich darauf zurückzuführen, daß beim Versuch, die Halsschnitte beizubringen, der Kopf nach unten (zur Brust) gebeugt wurde und das Messer dabei statt über den Hals über die Lippen gefahren ist.

Unterstellt man, daß Hußmann der Täter gewesen wäre, so würde es auf den ersten Blick unerklärlich erscheinen, daß er bei der Art der Schnittverletzungen nicht eine umfangreichere Blutbesudelung davongetragen hätte.«

Die Berichterstatter führten eine Reihe von Fällen an, in denen ebenfalls der Täter trotz schwerer Blutungen seines Opfers selber wenig Blutspuren aufwies. Die Berichterstatter erklärten, warum dies auch hier der Fall sein konnte:

Der Getötete war 175 cm groß und von schlankem Körperbau, der Beschuldigte über 180 und sehr kräftig. Stand der Täter hinter dem Opfer und führte die Schnitte von hinten aus, könnten Blutstropfen vom Halsschnitt auf seine Schuhe herabgefallen sein, indem der Täter, hinter seinem Opfer stehend, dessen Kopf mit der linken Hand faßte und nach vorn beugte, wobei er zur Erreichung der nötigen Standfestigkeit den rechten Fuß vorstellen mußte. Dadurch wäre es begreiflich, daß sein rechter Schuh mehr Blutspuren aufwies als sein linker. Es können ihm aber heim Abschneiden der Genitalien und deren Fortbringung Blutstropfen auf seine Schuhe gefallen sein. Im Verlauf der gesamten Beweisaufnahme hat Hußmann niemals aufklären können, wie auch Blut seiner eigenen Gruppe auf seinen Mantel gelangt ist. Wäre er der Täter, so könnte ein Abwehrschlag des Opfers in sein Gesicht Nasenbluten hervorgerufen haben.

Der Mordprozeß gegen Hußmann wurde in der Öffentlichkeit als ein »geradezu klassisches Beispiel juristischer Unsicherheit« bezeichnet.

Eine Reihe von Zeugen war unfähig oder unwillig zu einer brauchbaren Aussage. Wie sich schon bei der kriminalistischen Ermittlung gezeigt hatte, ließ sich aus den Äußerungen von Hußmanns Mitschülern kein objektives Bild über sein Vorleben und seine sexuellen Praktiken gewinnen. Allgemein war die Ansicht verbreitet, daß er homosexuelle Neigungen besaß und sich auch dazu bekannt hatte. Wie schon erwähnt, beeidete Daubes Mutter das Geständnis ihres Sohnes, er habe »unerlaubte Beziehungen« zu Hußmann.

Es konnten auch keine Zeugen gefunden werden, die den Täter hätten identifizieren können. Der Vater des Toten und mehrere andere Leute hatten den Täter nach der Tat gesehen, aber in der Dunkelheit nicht erkannt. Ebenso wenig hatte der Vater Helmuts Todesschreie als die seines Sohnes identifiziert. Sonst hätte er sicher rascher reagiert und den Täter vielleicht noch während der Tat überrascht und gestellt.

Hußmann gelang es während der Untersuchungshaft, Briefe an Mitschüler hinauszuschmuggeln. Darin drohte er, er werde sich an denen rächen, die gegen ihn aussagten.

Hußmann leugnete die Tat, konnte aber die Indizien, vor allem die Beweiskraft des Weg-Zeit-Diagramms, nicht widerlegen.

Die Gerichtsmediziner allerdings waren auch nicht in der Lage, aus dem Blutgruppen-Vergleich schlüssige Beweise abzuleiten. Sie erklärten, die Übereinstimmung zwischen der Blutgruppe des Ermordeten und den Blutspuren an Hußmanns Kleidung beweist nicht, daß es das Blut Daubes sei.

Das ist zwar richtig, denn es gibt Abermillionen von Menschen, die die gleiche Blutgruppe wie Daube haben. Aber im Gesamtzusammenhang aller sonstigen Indizien konnte es keinen vernünftigen Zweifel daran geben, daß diese Übereinstimmung Hußmann schwer belastete. Es gab keinerlei Beweise oder auch nur Vermutungen, woher das Blut mit Daubes Blutgruppe A sonst stammen sollte. Einer der Sachverständigen, der Gerichtschemiker Dr. Schatz, behauptete, »die Lehre von den Blutgruppen stecke noch in den Kinderschuhen«. Deshalb war sich das Gericht unsicher, ob es der Beweiskraft der Blutanalyse vertrauen sollte. Tatsächlich aber war das Verfahren, das im Hußmann-Fall zur Bestimmung der Blutgruppen angewendet wurde, ein wissenschaftlich gültiges Verfahren, das heute niemand mehr bezweifeln würde.

Der Angeklagte profitierte von der Unsicherheit des Gerichts, das ihn schließlich freisprach.

Aus heutiger Sicht ergibt sich, wie schon gesagt, kein vernünftiger Zweifel an Hußmanns Täterschaft. Wahrscheinlich wäre die

Tat nicht als Mord, sondern als Totschlag zu werten. Es ist anzunehmen, daß Hußmann in jener Nacht alkoholisiert war und Daube zu dessen Wohnung begleitet hatte, in der Hoffnung, Daube umzustimmen, nicht aus Gladbeck wegzugehen. Daube lehnte ab, er wollte sich von Hußmann lösen. Der jähzornige und aggressive Hußmann tötete ihn. Daß er dem Toten die Genitalien abschnitt, war der Höhepunkt seiner Frustration und eifersüchtigen Rache. Und ein bezeichnendes Symbol seiner sexuellen Aggressivität.

Der Zigarettenstummel-Fall

Im Zigarettenstummel-Fall kam es zu einem ebenso zweifelhaften Freispruch wie im Fall Hußmann. Auch diesmal spielte die Skepsis gegen den Blutgruppenbeweis eine entscheidende Rolle. Aber nicht nur deshalb wird dieser Fall berichtet. Der Zigarettenstummel-Fall gab der praktischen Anwendung der Blutgruppen-Forschung und damit der gerichtsmedizinisch begründeten Identifizierung einen neuen Anstoß.

An einem Januartag des Jahres 1939 war die neunjährige Pamela Coventry, die in der kleinen englischen Stadt Romford wohnte, mittags wie stets zur Schule gegangen. Aber Pamela kehrte nicht zurück. Alle anderen Kinder aus der Nachbarschaft waren schon zu Hause. Die Mutter suchte zwei Freundinnen Pamelas auf, mit denen sich ihre Tochter immer unterwegs traf. Auch heute hatten die Freundinnen auf Pamela gewartet, aber Pamela war nicht am Treffpunkt und später auch nicht in der Schule erschienen.

Als Mrs. Coventry bei ihrer Heimkehr das Mädchen noch immer nicht vorfand, benachrichtigte sie die Polizei. Mehrere Constabler-Kommandos durchstreiften die Stadt. Sie fanden das Kind nicht.

Die Nacht verging und auch am Morgen gab es noch keine Spur der Verschwundenen.

Im Laufe des Vormittags meldete sich ein Nachtwächter bei der Polizei. Im Straßengraben eines abgelegenen Feldweges hatte er bei seiner Heimfahrt auf dem Fahrrad eine nackte Kindesleiche entdeckt.

Es war Pamela.

Mit Isolierdraht gefesselt, lag sie fast völlig nackt auf einer alten Matratze. Schon auf den ersten Blick glaubte der Inspektor erkennen zu können, daß das Kind einem Sexualverbrechen zum Opfer gefallen war. Anschließend hatte der Täter es erwürgt. Das Kind hatte sich wahrscheinlich heftig gewehrt. Zahlreiche Wunden an Händen, Armen und im Gesicht bewiesen das.

Der Inspektor sah sich den Schwierigkeiten dieses Falles nicht gewachsen. Es gab keine Zeugen, die Pamela mit einem Mann zusammen gesehen hatten. Es gab keine Beweisstücke bis auf den Isolierdraht, mit dem die Tote, die Knie ans Kinn gedrückt, wie ein Paket verschnürt war.

Der Inspektor benachrichtigte Scotland Yard. Von dort übernahm Inspektor Bridger die Morduntersuchung.

Da Pamela nicht mehr bis zum Treffpunkt ihrer Freundinnen gekommen war, mußte sie auf dem Weg zwischen ihrer Wohnung und dem Treffpunkt verschwunden sein. Bridger sah einen Berg von Kleinarbeit vor sich: Wer hatte Pamela zuletzt gesehen? Wann und wo? Hatte jemand beobachtet, daß sie von einem Mann angesprochen oder mitgenommen worden war? Wie sah der Mann aus?

Außerdem mußten die verschwundenen Kleidungsstücke des Mädchens gefunden werden. Hunderte von Polizisten und Soldaten beteiligten sich an der Suche. Ihr einziger Erfolg war, daß sie zwei Knöpfe von Pamelas Mütze und ein Stück des gleichen Isolierdrahtes entdeckten, mit dem Pamela verschnürt worden war. Die Knöpfe und der Draht waren in Zeitungspapier gewickelt, in eine News Chronicle vom 11. Januar 1939.

Bridger ließ alle Bewohner jener Straßen befragen, die Pamela auf ihrem Weg zur Schule benutzte. Niemand konnte auch nur die geringste Auskunft geben. Inzwischen war Professor Spilsbury, den Scotland Yard nach Romford geschickt hatte, eingetroffen. Bridger setzte große Hoffnungen auf den berühmten Gerichtsmediziner.

Spilsbury umgab ein fast legendärer Ruhm. Er war der Chefpathologe des Innenministeriums. In vielen Mordprozessen war er als Sachverständiger aufgetreten. In seiner jahrzehntelangen Tätigkeit hatte er Tausende von Obduktionen durchgeführt. Der große, hagere Sechzigjährige war ein Gentleman alter Schule, kühl und reserviert, eine Nelke im Knopfloch seines dunklen Anzugs.

Eine Überraschung ergab sich bereits bei der äußeren Besichtigung der Kinderleiche. Als Spilsbury die an den Körper gebundenen Beine Pamelas streckte, fiel ein Zigarettenstummel herab. Er hatte zwischen Oberschenkel und Brust gesteckt.

Spilsbury übergab eine Blutprobe der Toten seinem Kollegen Dr. Lynch, dem Chefchemiker des Innenministeriums. Lynch hatte sich damals als Toxikologe und Serologe bereits einen Namen gemacht und galt als einer der erfahrensten englischen Experten für Blutgruppenuntersuchungen. Er arbeitete seit einem Jahrzehnt eng mit Spilsbury zusammen.

Lynch stellte Pamelas Blutgruppe fest. Als Spilsbury den Fund des Zigarettenstummels erwähnte, bat Lynch, man möge ihm diesen doch zur Untersuchung überlassen. Aber der Zigarettenstummel befand sich bereits im Londoner Kriminaltechnischen Institut. Dort hatte man festgestellt, daß der Stummel von einer selbstgedrehten Zigarette stammte. Der Tabak bestand aus kleinen Tabakfasern, die teilweise – auch im Innern der Zigarette – angekohlt waren.

Lynch begründete seine Bitte damit, daß er versuchen wolle, die Blutgruppe des Rauchers herauszufinden.

Inspektor Bridger fragte ungläubig: »Sie wollen an eingetrokkneten Speichelspuren die Blutgruppe feststellen? Das ist doch unmöglich!«

»Die Wissenschaft beschäftigt sich seit mehr als zehn Jahren mit diesem Problem. Wir hätten hier eine einmalige praktische Möglichkeit ...«

»Versuchen Sie's«, antwortete Bridger und ließ den Zigarettenstummel an Dr. Lynch übergeben.

Vorsichtig begann Lynch mit seinen Untersuchungen. Vorerst ließ er das wertvolle Beweisstück aus dem Spiel und experimentierte. Seinen Kollegen gab er Zigaretten zu rauchen und sammelte dann die Stummel. Vorher hatte er die Blutgruppe jedes Rauchers festgestellt. Im Labor extrahierte er das Papier des jeweiligen Stummels mit physiologischer Kochsalzlösung und unterwarf diese dann den üblichen Tests. Lynch hatte Glück. In jedem einzelnen Fall gelang es ihm, die Blutgruppe des Rauchers zu bestätigen.

Erst nach diesen Experimenten untersuchte Lynch den bei Pamelas Leiche gefundenen Zigarettenstummel. Er stellte fest: Der Mann, der diese Zigarette geraucht hatte, besaß die Blutgruppe A.

Damit trat die Morduntersuchung in ein neues Stadium ein. Kriminaltechniker, Gerichtsmediziner und Chemiker waren auf einen Mann gestoßen, der selbstgedrehte Zigaretten rauchte und zur Blutgruppe A gehörte.

Wiederum nahm Inspektor Bridger seine Routineuntersuchungen in Romford auf, diesmal jedoch unter Berücksichtigung dieser Indizien. Und nun schien er Erfolg zu haben. Er stieß auf einen achtundzwanzigjährigen Mann namens Richardson, dessen Frau seit Wochen im Krankenhaus lag. Am Tage des Mordes war er nicht zur Arbeit erschienen, sondern zu Hause geblieben. Richardson, hieß es, sei ein starker Raucher und verwende die Reste seiner aufgerauchten Zigaretten dazu, sich eine neue zu drehen.

Bridger suchte Richardson auf. Aber die Befragung Richardsons brachte ihn nicht weiter. Wohl sah er, wie sich Richardson während des Gesprächs Zigaretten aus Kippen drehte. Aber dem erfahrenen Kriminalisten reichte diese Tatsache nicht aus, um eine Verhaftung zu rechtfertigen. Solange er die Blutgruppe des Mannes nicht kannte, fehlte die Beweiskraft dieses wichtigen Indizes.

Bridger wußte aber auch, daß er nach englischem Recht keine Handhabe besaß, dem Verdächtigen eine Blutprobe entnehmen zu lassen. Und es war wohl auch unwahrscheinlich, daß sich

Richardson – wäre er der Täter – freiwillig einer Blutentnahme unterwerfen würde. Eine solche Aufforderung hätte ihn höchstens gewarnt.

Deshalb riet Dr. Lynch dem Inspektor, sich eine Ermächtigung zur Haussuchung zu beschaffen und dabei zu versuchen, einige benutzte Taschentücher von Richardson an sich zu nehmen. Lynch hoffte, vielleicht auch aus dem Nasenschleim im Taschentuch die Blutgruppe Richardsons feststellen zu können.

Bridger nahm eine Haussuchung vor. Dabei stieß er auf einige gebrauchte Taschentücher, die Richardson als die seinen bezeichnete und benutzt hatte. Bridger schickte sie sofort in Lynchs Laboratorium. Dann fand Bridger einen Stapel Zeitungen. Es waren Nummern des NEWS CHRONICLE, derselben Zeitung, in deren Ausgabe vom 11. Januar die zwei Mützenknöpfe Pamelas und ein Stück Isolierdraht eingewickelt gewesen waren. Alle Nummern der letzten Wochen waren vorhanden. Nur eine fehlte: die Ausgabe vom 11. Januar.

Im Garten fand sich Isolierdraht. Er glich dem, mit dem die Leiche verschnürt worden war.

Außerdem nahm Bridger eine Tabakdose mit Zigarettenstummeln und einen Regenmantel Richardsons mit, an dem er winzige Blutspritzer zu erkennen glaubte. Die Untersuchung dieser Gegenstände ergab: Das Papier des bei der Leiche gefundenen Zigarettenstummels stimmte mit dem Papier der Stummel in der beschlagnahmten Tabakdose überein. Der Isolierdraht aus Richardsons Garten war von gleicher Beschaffenheit wie der Fesselungsdraht. Diesem Indiz kam aber keine Bedeutung zu, da es sich um ein Massenfabrikat handelte.

Immerhin aber hatten diese Befunde den Verdacht gegen Richardson verstärkt. Aber erst Dr. Lynchs Untersuchungsergebnis gab Inspektor Bridger die Gewißheit, daß Richardson Pamelas Mörder sei. Lynch hatte zwar die Blutspritzer an Richardsons Regenmantel nicht bestimmen können, weil sie winzig klein waren, aber er hatte nachgewiesen, daß es sich um menschliches Blut handelte.

Erfolgreicher war die Untersuchung der Taschentücher. Sie

ergab die Blutgruppe A. Das bedeutete, Pamelas Mörder und Richardson hatten die gleiche Blutgruppe.

Bridger verhaftete Richardson. Die wochenlangen Verhöre blieben ergebnislos. Bridger versuchte sogar, Richardson die Bedeutung der Beweise von Dr. Lynch bewußt zu machen und ihn dadurch zu einem Geständnis zu bewegen. Es war vergeblich.

Vergeblich auch erklärte Dr. Lynch in der Gerichtsverhandlung den Geschworenen die Beweiskraft des Blutgruppentests. Die Geschworenen, skeptisch gegen naturwissenschaftliche Beweise, waren nicht bereit, Lynch zu folgen. Dabei war ihnen nicht einmal bewußt, wie problematisch der Nachweis der Blutgruppe aus dem Nasensekret ist. Bakterielle Verunreinigungen können ähnliche und damit unspezifische Reaktionen hervorrufen.

Die Geschworenen kamen zu keinem Schuldspruch.

Der Zigarettenstummel-Fall zeigt, wie beträchtlich bereits vor einem halben Jahrhundert die Möglichkeit der Blutgruppenbestimmung erweitert worden war. Aufbauend auf den Forschungen des Entdeckers der Blutgruppen, Landsteiner, konnten deutsche, japanische, polnische, italienische Forscher schon in den dreißiger Jahren die Blutgruppe auch in anderen Sekreten wie Schweiß, Speichel, Sperma, Gallen- und Magensäften, Tränen und Muttermilch feststellen.

Der italienische Serologe Lattes hatte um 1930 die Blutgruppe an Speichelresten nachgewiesen, die sich an der Gummierung eines Briefumschlags befanden. Ein anderer Italiener, Galloro, hatte 1938 zum erstenmal aus Speichelresten an einem Zigarettenstummel die Blutgruppe festgestellt.

Die polnischen Serologen Laguna und Makowiec veröffentlichten 1955 das Ergebnis von fünfzig Versuchen an Zigarettenmundstücken. Es zeigte sich, daß der Blutgruppennachweis, je nach der Art der Blutgruppe, unterschiedlich erfolgreich verläuft. Bei etwa einem Fünftel der Versuchspersonen konnte die Blutgruppe nicht festgestellt werden. Man erkannte, daß nicht alle Menschen Blutgruppensubstanzen mit ihren Körpersekreten ausscheiden.

Die Eigenschaft, »Ausscheider« oder »Nichtausscheider« zu sein, wird dominant vererbt. Sie ist damit selbst wieder ein Indiz, weil sie jeweils den als Täter in Frage kommenden Personenkreis auf eine dieser beiden Gruppen einengt.

So war die Entdeckung der Blutgruppeneigenschaften in Geweben und Körpersäften ein weiterer Schritt auf dem Wege der Identifizierung.

Die Tote im Brennofen

Alois Riedl ist sechsundfünfzig Jahre alt und in zweiter Ehe mit der achtzehn Jahre jüngeren Anna Maria verheiratet. Seit vierzig Jahren arbeitet Riedl in einer oberösterreichischen Ziegelei. Als verläßlicher Arbeiter mit einer so langen Berufserfahrung wird er am Ziegelbrennofen beschäftigt. In diesem Ofen werden die Ziegel bei einer Temperatur von 1200 °C und mehr gebrannt. Riedl ist für die Heizung der Öfen, auch Ringöfen genannt, verantwortlich. Der Brennerboden ist eine Plattform, auf der sich die Schürlöcher befinden. Durch die Schürlöcher wird das Heizmaterial eingefüllt. Sie sind mit einer eisernen Kapsel abgedeckt. Der beim Brennvorgang entstehende Rauch entweicht durch einen zentralen Rauchabzugskanal.

Riedl ist ein ruhiger Mann. Seine Ehe gilt als harmonisch. Aber unter der Oberfläche sieht es anders aus. Da glüht es wie im Brennofen. Affekte haben sich erhitzt, Leidenschaft und Eifersucht. Vor einiger Zeit hatte sich Riedl in eine Arbeitskollegin verliebt. Emmy ist fast dreißig Jahre jünger als Alois. Er trifft sich heimlich mit ihr. Bisher hatte seine Frau noch nichts von dieser Affäre gemerkt. Und Alois ist sehr darauf bedacht, seine Liebschaft geheimzuhalten. Er fürchtet Anna Marias brennende Eifersucht. Die Furcht vor der einen und die Leidenschaft zur andern Frau verleihen der Affäre mit Emmy den Reiz der Gefahr und binden Alois um so fester an sie.

Aber je enger die Bindung wird, je länger sie andauert, desto schwieriger wird es für Riedl, sie vor seiner Frau zu verbergen. Nachbarn und Kollegen treffen Riedl und Emmy in Lokalen. Wie lange werden sie schweigen?

Es bedarf keiner vertraulichen Mitteilung einer guten Freundin, um Anna Maria allmählich mißtrauisch werden zu lassen. Immer häufiger kommt Alois abends Stunden später von seiner Mittelschicht heim. Die Gründe, die er vorbringt – Treffs mit Kollegen zu Bier und Kartenspiel – überzeugen Anna Maria nicht. Alois wehrt ihren Verdacht, fremdzugehen, wütend ab. Es kommt zum Streit. Anna Maria schlägt Alois, Alois schlägt zurück. Anna Maria beginnt, ihren Mann zu beobachten. Kontrolliert ihn auf Schritt und Tritt. Sie holt ihn nach der Schicht am Fabriktor ab, neuerdings erscheint sie sogar unerwartet an seinem Arbeitsplatz. Riedl fühlt sich vor den Kollegen gedemütigt. Zu Hause reagiert er zornig seinen Frust ab. Vorwürfe, Geschrei, Tätlichkeiten – ein Ohrenschmaus für die Nachbarn. Eine Schmach für Riedl.

Riedl weiß nicht, wie das alles weitergehen soll. Seine Liebe zu Anna Maria ist tot, seine Leidenschaft für Emmy um so ungestümer. Er wagt nicht mehr, sich mit Emmy in der Öffentlichkeit zu zeigen. Nicht auszudenken, was Anna Maria anstellte, wenn sie wirklich Beweise für seine Untreue hätte. Vorbei die Wirtshausbesuche mit Emmy, kein Glaserl mehr mit ihr in der Weinschenke. Nur selten noch eine flüchtige Stunde in Emmys Zimmer. Auch das wird bald zu riskant. Was bleibt, sind verstohlene Treffs am Brennofen, wenn beide Nachtschicht haben.

So ist es auch in dieser Nacht.

Riedl ist allein auf dem Brennerboden und schaufelt Koks in die Schürlöcher. Er ist guter Stimmung dabei. Denn er erwartet Emmy. Heute braucht er nicht zu fürchten, daß Anna Maria plötzlich auftaucht. Sie will morgen früh zu ihrer Schwester nach Wels reisen und hat noch mit Reisevorbereitungen zu tun.

Gegen Mitternacht kommt Emmy. Beide setzen sich hinter eine

Tonne. Alois macht ihr sofort die frohe Mitteilung, daß seine Frau für mehrere Tage verreisen werde. Emmy freut sich. Sie überlegen, wie sie die Tage der Freiheit am besten nutzen könnten. Dann sagt Emmy plötzlich: »Und wenn die Reise nur eine Finte ist? Um dich in Sicherheit zu wiegen und uns dann zu überraschen?«

»Bestimmt nicht. Sie hat schon ihre Reisetasche gepackt. Und bäckt noch Kuchen, den sie mitnehmen will.«

»Ich weiß nicht. Dich tagelang allein lassen, das paßt nicht zu ihrer Eifersucht!«

Niemand kann mehr sagen, ob Anna Marias Reiseplan wirklich nur ein Täuschungsmanöver gewesen war. In diesem Augenblick jedenfalls verläßt Riedl sein Versteck, um nachzuschüren. Da sieht er hinten auf dem Brennerboden Anna Maria auftauchen.

Halblaut ruft er Emmy zu, sie solle verschwinden. Emmy schleicht sich durch die rückwärtige eiserne Tür. Die Tür fällt hinter ihr zu.

Bald steht Anna Maria neben ihrem Mann. »Da fiel eine Tür zu. Wer war das?«

»Na wer schon. Der Meister.«

»Der Meister!« Anna Maria lacht böse auf.

»Was geht dich das überhaupt an? Was willst du hier?«

»Es war eine Frau!« sagt Anna Maria. »Wer ist das Mensch?«

Riedl fragt sich, ob seine Frau tatsächlich Emmy noch erblickt haben könnte. Er schaufelt emsig Koks ein. »Du spinnst wohl«, erwidert er unsicher.

Auch Anna Maria ist sich nicht sicher, ob es eine Frau war, die da durch die Tür gegangen ist. Aber sie spürt die Verlegenheit ihres Mannes. Der macht sich noch immer, ohne sie anzublicken, am Schürloch zu schaffen. »Es war eine Frau!« wiederholt sie hartnäckig. »Und ich bekomme es schon raus, wer die Schlampe ist!«

Riedl spürt Wut in sich aufsteigen. Wut über sich, daß er sich in solche Verlegenheit bringen ließ. Und noch mehr Wut über Anna Maria. Nicht mal hier ist er vor ihr sicher! Selbst dieses armselige Liebesnest will sie ihm noch nehmen!

Er schreit sie an, sie solle sich davonscheren. Ihn in Ruhe arbeiten lassen. »Arbeiten!«, äfft sie höhnisch nach, »das nennst du arbeiten, Drecksau elendigliche!«

Eine Schimpfkanonade setzt ein. Jeder beschießt den andern mit unflätigen Ausdrücken. Riedls Schuldbewußtsein schlägt in blanken Haß um. Er will nur eins: daß diese keifende Stimme endlich schweigt. Mit geballter Faust schlägt er zu. Anna Maria schwankt, stürzt, schlägt mit dem Hinterkopf auf die eiserne Kapsel neben dem Schürloch. Bleibt reglos liegen.

Riedl atmet auf. Endlich Ruhe. Was mußte sie auch hier auftauchen. Nun hat sie ihre Strafe.

»Steh auf«, sagt er friedfertig.

Anna Maria steht nicht auf.

Er kniet neben ihr nieder, rüttelt sie. Sie ist bewußtlos. Er ertastet an ihrem Handgelenk den Puls. Der ist weich, träge, kaum noch zu spüren. Ehe ich Hilfe hole, sagt er sich, ist es aus mit ihr. Die ist hin, die steht nicht wieder auf. Und der Ärger dann, wenn ich den Vorgang melde. Das Aufsehen, die Unruhe. Vernehmungen durch die Polizei. Vielleicht ein Prozeß. Knast. Und keine Emmy dann, die mich tröstet.

Er richtet sich auf, geht zum Rauchabzugskanal, öffnet die Einstiegstür. Kehrt zu Anna Maria zurück, packt sie unter den Armen, schleift sie zum Abzugsschacht und wirft sie kopfüber hinein.

Mehr als 200 Grad da drin, denkt er, da bleibt nichts übrig von ihr.

An der Abdeckkapsel entdeckt er Blut. Er schüttet Kohlenstaub darüber. Der saugt das Blut auf. Riedl kehrt das Gemisch ins Schürloch. Er blickt sich um. Das wäre geschafft. Nichts mehr deutet darauf hin, daß Anna Maria soeben noch hier war. Keine Leiche, keine Spur. Der Brennofen verrät sein Geheimnis nicht.

Nun kann Riedl ruhig nachdenken. Soll er Emmy erzählen, daß er Anna Maria getötet hat? Es könnte sie freuen. Es könnte sie aber auch belasten, so daß unsere Liebe darunter leidet. Je weniger sie weiß, desto besser. In einer Heizpause geht er hinunter. Emmy arbeitet an einer Strangpresse. Aufgeregt fragt sie, ob Anna

Maria sie entdeckt habe. Nein, erwidert Alois, alles in Ordnung. Morgen mittag, wenn Anna Maria weggefahren ist, will er mit Emmy essen gehen.

Am nächsten Tag fahren sie in einen benachbarten Ort und essen in einem Restaurant zu Mittag. Einmal entsteht für Emmy eine peinliche Situation, als eine Arbeitskollegin sie erblickt und begrüßt. Aber Alois beruhigt sie. Sie sollten endlich wieder damit aufhören, sich zu verstecken. Emmy stimmt ihm halbherzig zu. Sie fürchtet sich vor Anna Marias Haß. Riedl muß sich zwingen, ihr sein Geheimnis nicht zu verraten. Er sieht sich, wie er Anna Maria in den Schacht wirft. Verdrängt das Bild. Ist längst als Rauch durch den Schornstein, beruhigt er sich.

Drei Tage später nimmt Riedl Emmy mit in seine Wohnung. Emmy hat Hemmungen, mit Alois in seinem Ehebett zu schlafen. Schließlich gibt sie seinem Drängen nach. Auch die nächsten Tage verbringt sie in seiner Wohnung. Eines Nachts fragt sie, wann denn nun Anna Maria zurückkomme.

»Sie wollte schon gestern zurück sein«, sagt Riedl.

Bestürzt richtet sich Emmy auf. »Das sagst du mir erst jetzt? Und wenn sie nun heute nacht zurückkehrt?«

»So spät kommt kein Zug mehr.«

Nun ist es mit Emmys Ruhe vorbei. Am Morgen verläßt sie die Wohnung wieder. Nach einer Woche ist Anna Maria immer noch nicht heimgekommen. Obwohl Emmy darüber froh sein müßte, drängt sie Alois, sich um den Verbleib seiner Frau zu kümmern.

An einem Märztag, so berichtet Gendarmerie-Bezirksinspektor Spenlingwimmer, erstattete der Arbeiter Alois Riedl Anzeige, seine achtunddreißigjährige Ehefrau Anna Maria sei seit Tagen überfällig. Sie wollte ihre Schwester in Wels besuchen. Er habe die Schwester angerufen und erfahren, seine Frau sei dort gar nicht angekommen.

Die Gendarmerie beginnt sofort nach der Vermißten zu suchen. Auf dem Bahnhof ermitteln die Kriminalisten, sie sei am fraglichen Morgen in Richtung Linz gefahren. Nun gilt es, Zeugen ausfindig zu machen, die im gleichen Zug gefahren sind und die Vermißte gesehen haben könnten. Niemand hat Anna Maria gesehen. Erneut wird das Bahnhofspersonal befragt. Die Aussagen ändern sich, man ist sich nicht mehr sicher, ob es jener Frühzug war, mit dem die Frau gefahren ist.

Routinemäßig wird auch der Ehemann vernommen. Er bezeichnet seine Ehe als glücklich. Nachbarn bestätigen es. Auch die Befragungen in Riedls Umfeld zerstreuen jeden Verdacht gegen ihn. Kollegen und Vorgesetzte bescheinigen ihm Verläßlichkeit und solide Lebensführung.

Anna Maria bleibt verschwunden. Die Ermittlungen schlafen ein. Daß sie dann nach Monaten doch wieder zum Leben erweckt werden, wird durch Gerüchte bewirkt, die verstohlen auftauchen. Die Gendarmerie erfährt, Riedls Ehe sei doch nicht so glücklich gewesen, er habe ein Liebesverhältnis mit einer Kollegin. Wenige Tage nach dem Verschwinden seiner Frau sei die Geliebte sogar in Riedls Wohnung gezogen. Es sei auch zu Schlägereien zwischen Riedl und seiner Frau gekommen, weil Anna Maria sehr eifersüchtig war.

Die Kriminalisten fragen sich, warum alle diese Verdachtsmomente gegen Riedl nicht schon früher zur Sprache gekommen sind und die nun aussagewilligen Zeugen die Ermittlung behindert haben. Die Nachforschungen erhalten jetzt also neuen Auftrieb. Wieder konzentrieren sie sich zunächst auf den Bahnhof. Haben sich jene Bahnhofsangestellten geirrt, die behauptet hatten, Anna Maria sei tatsächlich mit einem Zug abgereist?

Schließlich hat der Bahnhofsvorsteher einen folgenreichen Einfall. Er fragt beim Fahrkartenverwendungsvermerk der Österreichischen Bundesbahn nach, ob an jenem Tage eine Fahrkarte nach Wels gelöst worden sei. An diesem Tage, so der Bescheid, sei keine Fahrkarte nach Wels ausgegeben worden. Dann meldet sich auch noch ein Zeuge, der gesehen haben will, daß Anna Maria in der Nacht vor ihrem Verschwinden zur Ziegelei gegangen sei.

Riedl wird eindringlich vernommen. Gelassen und unberührt leugnet er, seine Frau getötet zu haben. Die Beweise gegen ihn reichen nicht aus. Die Gendarmerie fragt sich enttäuscht: Bleibt es ein Mord ohne Leiche?

Tage später gesteht Riedl die Tat. Aber eben der letzte Beweis, die Leiche, fehlt, so daß auch der Wahrheitsgehalt von Riedls Aussage nicht überprüft werden kann.

So entschließen sich die Ermittlungsbeamten, nach der Leiche zu suchen. Der Erfolg erschien zweifelhaft. Riedl hatte damit gerechnet, daß die Hitze im Brennofen die Leiche völlig verbrennen würde. Hier irrte er. Knochen, vor allem lange Röhrenknochen, entziehen sich auch bei starker Hitze lange Zeit einer völligen Verbrennung. Und die 200 Grad im Abzugskanal reichen nicht aus, um menschliche Knochen zu vernichten.

So beginnt nun mit einiger Hoffnung der Versuch, Überreste der Leiche im Brennofen zu finden. Aus Kostengründen weigert sich der Betrieb, den Ofen auch nur vorübergehend stillzulegen. Mit Hilfe von Absauggeräten und einer Frischluftmaske steigt ein Beamter in den glühend heißen Rauchkanal hinab. Der Boden des Schachtes ist mit einer etwa 15 cm hohen beizenden Schicht von Ruß und Asche bedeckt. In diesem heißen Bodensatz finden sich Knochen. Der höllische Fundort erlaubt keine gründliche Suche.

Die Gerichtsmediziner müssen sich mit Teilen des Skeletts begnügen. Es sind u. a. Wirbelknochen, Rippen, Armknochen. Es kann nachgewiesen werden, daß es sich um Teile eines weiblichen menschlichen Skeletts handelt. Die Todesursache ist nicht mehr feststellbar. Jedoch ist anzunehmen, daß Anna Maria nur bewußtlos, aber nicht tot war, als Riedl sie in den Abzugskanal warf.

Das Gericht stand vor der Frage, ob das Tötungsverbrechen Mord oder Totschlag gewesen war. Die Geschworenen erkannten auf Mord. Riedl erhielt lebenslänglich schweren Kerker.

• • •

Wie dieser Fall zeigte, konnte eine Mordleiche selbst in einem Brennofen noch nach Monaten nicht vollständig vernichtet werden. Eine solche Art der Leichenbeseitigung bleibt meist erfolglos. Das zeigt noch ein anderer Fall, der sich allerdings im Motiv, noch mehr aber in seinem Ausmaß vom Brennofen-Fall unterscheidet.

Paris im März 1946.
Der Gerichtsmediziner Dr. Paul wird von der Kriminalpolizei aufgefordert, sich in eine Vorortvilla in der Rue Lusueur zu begeben.

Als er dort eintrifft, sieht er das Haus von Schaulustigen, Polizisten und Feuerwehrleuten umgeben. Kommissar Massu empfängt den ihm bekannten Arzt und führt ihn ohne nähere Erklärung hinunter in den Heizkeller. Dort schlägt ihnen glutende Hitze entgegen. Der eine der beiden Kessel glüht. Neben dem Kessel und an den Wänden aufgestapelt liegen zerstückelte Menschen. Sie sind mumienhaft ausgedörrt.

Bevor Dr. Paul noch eine Frage stellen kann, nimmt Massu seinen Arm. »Das ist noch nicht alles, Doktor. Kommen Sie.«

Massu führt Dr. Paul in ein Seitengebäude. Das war früher ein Stall gewesen. Jetzt befindet sich im Boden eine tiefe Grube. Über der Grube dunstet der beizende Geruch von Chlorkalk. In der Grube liegen, mit Chlorkalk vermischt, Schädel, Arme, Beine, Knäuel von Menschenhaaren.

In diesem Augenblick durchzuckt Dr. Paul eine blitzhafte Erkenntnis. »Das ist unser Päckchen-Mann, nicht wahr?«

»Wahrscheinlich«, antwortet der Kommissar.

Der Päckchen-Mann. Vor drei Jahren hatte es begonnen. Woche um Woche erhielt das Gerichtsmedizinische Institut Pakete, in denen sich menschliche Leichenteile befanden. Spaziergänger hatten sie gefunden, in Parks und Wäldern rings um Paris, auch in der Seine wurden solche Päckchen aufgefischt. Dr. Paul hatte die Leichenteile untersucht und geordnet, selten war es jedoch gelungen, einen Körper vollständig zu rekonstruieren. Eines war allen Funden gemeinsam: Der die Leichen zerlegt hatte, verstand etwas von Anatomie. Der Täter hatte chirurgische Kenntnisse. Aber er entzog sich geschickt allen Nachforschungen.

Dann, ein Jahr später, im Frühjahr 1943, fand man keine Leichenpakete mehr. Es gab keine neuen Spuren. Der Fall kam zu den Akten. Es wahr unwahrscheinlich, daß der Massenmörder aufgehört haben sollte zu töten. Massu nahm an, er habe eine bessere Methode der Leichenbeseitigung entdeckt.

Daß der Täter damals nicht gefunden werden konnte, war nicht die Schuld der Polizei. Die Schwierigkeiten begannen bereits mit der Identifizierung der Leichenteile. Dazu mußte die Polizei wissen, welche Personen vermißt wurden. Diesen Überblick hatte sie nicht. Paris war von deutschen Truppen besetzt. Gestapo und SS verschleppten oder mordeten täglich viele Menschen. Andere tauchten in der Widerstandsbewegung unter. In diesem Chaos war eine auf pedantischer Kleinarbeit beruhende kriminalistische Arbeit unmöglich.

Massu und Dr. Paul sind sich einig: Der Mörder hatte damals eine neue Art der Leichenbeseitigung gefunden. Er trocknete die Körper durch Chlorkalk aus und verbrannte sie dann im Heizungsofen.

Das hier ist seine Mordfabrik.

»Und wer ist der Täter, Kommissar?«

»Der Arzt Dr. Petiot. Nachbarn hatten sich schon lange über den stinkenden Qualm beschwert, der aus Petiots Schornstein stieg. Wir wollten eine Haussuchung machen, aber er ist uns zuvor entwischt.«

Doch Dr. Petiot wird aufgespürt und verhaftet. Der Prozeß enthüllt das Motiv seiner Morde: hemmungslose Besitz- und Geldgier.

Mit Drogenhandel hatte er begonnen. Als ihm das zu gefährlich wurde, verfiel er auf ein weit einträglicheres und sichereres Geschäft. Ein Geschäft, das nur unter den Bedingungen der Okkupation möglich war, ja, diese mit ihren Greueltaten und rechtlosen Verhältnissen geradezu voraussetzte.

Wenn Petiot erfuhr, daß jüdische Familien, um der Deportation zu entgehen, ins Ausland flüchten wollten, bot er sich ihnen als rettender Engel an. Er forderte sie auf, allen Besitz in Devisen und Schmuck umzusetzen. Er wollte ihnen gefälschte Papiere und Visa nach Südamerika besorgen. Vor der angeblichen Abreise bestellte er sie in seine Villa. Sie sollten eine Schutzimpfung erhalten. In einem fensterlosen dreieckigen Raum spritzte er seinen Opfern Phenol in die Adern – eine Mordmethode, die auch in den deutschen Konzentrationslagern angewendet wurde. Dr. Petiot kam auf diese Weise in den Besitz von Wertpapieren, Devisen, Schmuck.

Dr. Paul tritt vor Gericht als Gutachter auf. Sein Bericht über die aufgefundenen Leichenteile scheint kein Ende zu nehmen: Schädel und Oberarmknochen, Unterschenkel, Brustbeine und Rippen – insgesamt wurden allein mehr als hundert Kilo vom Feuer ausgeglühter Knochen gezählt. Es sind ausschließlich menschliche Knochen, aber nicht mehr identifizierbar. Die Knochen weisen keine Anzeichen einer Fraktur auf. Alle Brüche sind erst nach dem Tode eingetreten. Projektile sind nicht gefunden worden. Der Tod kann also durch Erdrosselung, Gas oder Gift verursacht worden sein. Die Todeszeit ist nicht mehr festzustellen, da an den noch nicht verbrannten Leichenteilen der Chlorkalk die Leichenflora zerstört und die Fäulnis verhindert hat.

Wieviele Flüchtlinge dem Massenmörder zum Opfer fielen, konnte nicht mehr festgestellt werden.

Nur ein Haar

In einem Kindermord-Fall in Aberdeen hatte der Gerichtsmediziner Prof. Smith in einem Sack mit der Leiche Menschenhaare gefunden, die nicht vom Opfer stammten und eine Übereinstimmung mit denen der vermutlichen Täterin »bis ins kleinste Detail« festgestellt. Trotzdem war er sich des Beweises nicht sicher, weil er nicht genügend individuelle Merkmale finden konnte, die die Identität zweifelsfrei bewiesen. Selbst die damals schon hochentwickelten Mikroskope waren zu »grob«, um solche einmaligen Eigenschaften eines Haares zu entdecken. Die sensationelle Entdeckung einer neuen Analysemethode, die eine eindeutige Identifizierung erlaubt, wurde erst mit Hilfe der Atomwissenschaft möglich. Ende der 50iger Jahre erregte diese Entdeckung unter dem Schlagwort DAS ATOM ALS DETEKTIV bei Kriminalisten und Wissenschaftlern großes Aufsehen. Ausgelöst wurde die Entdeckung durch einen Kriminalfall, der sich an der Grenze zwischen den Vereinigten Staaten und Kanada ereignete, in der kanadischen Kleinstadt Edmundston.

Edmundston ist mit der amerikanischen Grenzstadt Madawaska wirtschaftlich eng verbunden. Die Holzmühlen Edmundstons liefern den amerikanischen Papierfabriken in Madawaska den Zellulose-Rohstoff. Am 13. Mai 1958 abends warteten der Brunnenbauer Bouchard und seine Frau vergeblich auf die Rückkehr ihrer sechzehnjährigen Tochter Gaetane. Das Mädchen war nachmittags um halb fünf in die Stadt gegangen, um sich mit seinen Freundinnen zu treffen. Zwischen zwanzig und einundzwanzig Uhr rief Bouchard bei den Freundinnen an und erfuhr, daß sie sich gar nicht mit Gaetane getroffen hatten. Er erfuhr aber auch, daß es einen jungen Amerikaner gab, mit dem Gaetane schon öfter zu einem Rendezvous verabredet gewesen war. Er heiße Johnny Vollman, sei Reporter und stellvertretender Direktor der Zivilverteidigung von Madawaska. Vollman sei heute nachmittag in Edmundston gesehen worden.

Es war schon zweiundzwanzig Uhr, als Bouchard nach Madawaska zur Wohnung Vollmans fuhr. Johnny war nicht zu Hause. Sein Vater sagte, er sei in der Redaktion. Bouchard traf ihn auch dort an. Der junge Mann bestätigte, daß er nachmittags in Edmundston gewesen, aber schon um achtzehn Uhr heimgefahren sei. Er gab auch zu, Gaetane zu kennen. Er habe aber seit einiger Zeit die Beziehung zur ihr abgebrochen, da er in Kürze heiraten wolle. Heute sei er Gaetane nicht begegnet.

Bouchard fuhr nach Hause und meldete kurz vor Mitternacht bei der Polizei in Edmundston seine Tochter als vermißt.

Streifenwagen machten sich auf die Suche. Auch Bouchard, sein Nachbar Gauthier und dessen Sohn beteiligten sich daran. Während der Suchfahrt erfuhr Bouchard von Gauthiers Sohn, daß es in der Umgebung der Stadt einige geheime Treffpunkte für Liebespaare gebe, wo sie ihre Wagen abstellten und Petting trieben. Auch eine stillgelegte Kiesgrube wurde gern aufgesucht.

Die drei fuhren zur Kiesgrube. In einem Gebüsch stieß Bouchard selbst auf die Leiche seiner Tochter.

Die herbeigerufenen Ortspolizisten benachrichtigten die Kriminalpolizei in Fredericton. Inzwischen nahm ein Arzt aus Edmundston die Leichenschau vor. Er stellte Verletzungen im Gesicht und an den nackten Oberschenkeln des Mädchens fest. In Brust und Rücken fanden sich Stichwunden, die höchstwahrscheinlich Gaetanes Tod verursacht hatten.

Der Morgen dämmerte schon, als die Kriminalpolizisten aus dem 150 km entfernten Fredericton eintrafen. Constable Esau ließ bei der Tatortuntersuchung eine verwischte Reifenspur sichern. Daneben entdeckte er zwei grüne Plättchen, die er für Lacksplitter eines Autos hielt.

Lapointe, der Chef der Ortspolizei, suchte nun die letzten Lebensstunden Gaetanes zu rekonstruieren. Inzwischen hatte ein zweiter Arzt die Tote obduziert und festgestellt, daß einer von neun Stichen das Herz durchbohrt hatte. Der Tod war spätestens gegen neunzehn Uhr des Vortages eingetreten. Anzeichen für eine Vergewaltigung fanden sich nicht.

Lapointe stellte fest, daß Gaetane zum letzten Mal gegen siebzehn Uhr in der Nähe des Drugstores gesehen worden war. Sie hatte sich eine Caramilk-Blockschokolade gekauft. Das stimmte auch mit dem bei der Obduktion gefundenen Mageninhalt überein. Im Verlauf der nächsten Stunden meldeten sich fünf Zeugen, die ziemlich übereinstimmend das gleiche aussagten. Danach konnte Folgendes als erwiesen gelten: Gegen siebzehn Uhr fuhr ein hellgrüner Pontiac durch das Zentrum von Edmundston. Er kam auch an dem Drugstore vorbei, wo Gaetane die Schokolade gekauft hatte. Gaetane war in den Wagen gestiegen und hatte auf dem rechten Vordersitz Platz genommen. Den Fahrer des Wagens hatte man nicht erkannt. Später hatte der hellgrüne Pontiac in der

Kiesgrube geparkt, aber ohne Insassen. Vollman, der einen grünen Pontiac besaß, hatte vor siebzehn Uhr zwei Mädchen aufgefordert, mit ihm auszufahren, war aber abgewiesen worden. Die Mädchen kannten ihn als einen sexuell hemmungslosen Mann.

Lapointe und Esau setzten sich mit dem für Madawaska zuständigen amerikanischen Kriminaloffizier Labree in Verbindung, teilten ihm ihren Verdacht gegen Vollman mit und baten um Amtshilfe. Labree sagte zu. Zusammen mit Labree begaben sie sich zum Zeitungsgebäude. Vor dem Haus stand Vollmans Wagen, der hellgrüne Pontiac. Die Polizisten untersuchten den Wagen und stellten fest, daß ein Lackteilchen vor kurzem abgeblättert war. Später zeigte sich, daß einer der beiden am Tatort gefundenen Lacksplitter genau an die schadhafte Stelle paßte. Im Handschuhfach fand sich der Rest einer Caramilk-Blockschokolade. Er wies Lippenstiftspuren auf.

Die Polizisten trafen Vollman in der Redaktion. Labree forderte ihn auf, sich einer Vernehmung zu stellen, die im Zusammenhang mit dem Tod von Gaetane Bouchard stehe. Vollman war einverstanden. Er wies jedoch darauf hin, daß er seit Tagen krank sei und nicht klar denken könne. Bei der Vernehmung wiederholte er, was er schon Gaetanes Vater gesagt hatte. Er hätte sich nicht mit Gaetane getroffen und zur Zeit ihres Todes nicht in Edmundston aufgehalten. Für die Todeszeit Gaetanes hatte er kein Alibi. Labree verlangte, Vollman solle seinen Wagen zur Verfügung stellen, damit der beschädigte Lack untersucht werden könne. Nur zögernd kam Vollman diesem Ersuchen nach. Die Hausdurchsuchung konzentrierte sich auf Vollmans Kleidung. Es war anzunehmen, daß die Kleidung des Täters Blutspuren aufwies. Die Besichtigung verlief ergebnislos. Als die Kriminalisten das Haus verließen, kamen sie an einer Mülltonne vorbei. Darin fanden sie die Reste eines verbrannten Anzugs.

Vollman wurde verhaftet. In den nächsten Tagen verstärkte sich der Verdacht gegen Vollman. Er wurde einem Zeugen gegenübergestellt; der Zeuge erkannte Vollman als den Fahrer des Pontiac, in den Gaetane eingestiegen war.

Eines der am Tatort gefundenen Lackteilchen stammte, wie die mikroskopische Untersuchung ergeben hatte, von Vollmans grünem Wagen. Und schließlich war bei einer zweiten Obduktion der Toten zwischen den Fingern der rechten Hand ein sechs Zentimeter langes dunkles Haar entdeckt worden, das vermutlich nicht von Gaetane, sondern vom Mörder stammte.

All diesen Indizien setzte Vollman entweder Ausflüchte entgegen oder er behauptete, sich nicht erinnern zu können. Der amerikanischen Polizei reichten die bisher gefundenen Verdachtsmomente jedoch aus, Vollman nach Kanada auszuliefern.

Die Polizei von Edmundston setzte jetzt alle Hoffnung auf das Haar in Gaetanes Hand. Vollman mußte einige Haarproben zur Verfügung stellen. Mit ihnen sollte das einzelne Haar verglichen werden. Ein Polizist überbrachte die Haarproben dem Polizeilabor in Sackville. Die zuständige Chemikerin traute sich jedoch den Haarvergleich mangels eigener Erfahrung nicht zu und überließ die Analyse dem Polizeilabor in der Hauptstadt Ottawa. Im Polizeilabor Ottawa übernahm Constable Kerr, ein Spezialist für Haaruntersuchung, den Auftrag aus Sackville.

In der Nähe von Ottawa, am Chalk River, liegen die Zentren der kanadischen Atomforschung. Dort standen Mitte der fünfziger Jahre zwei Atomreaktoren, die für die Erforschung der Atomenergie und deren technisch-industrielle Nutzung in Betrieb genommen worden waren. Zu den Atomphysikern von Chalk River gehörte Robert E. Jervis. Jervis hatte sich in den letzten Jahren damit beschäftigt, in Metallen und organischen Substanzen Spurenelemente nachzuweisen – winzigste Mengen von chemischen Elementen, die man weder mikroskopisch noch spektrographisch mehr feststellen konnte. Jervis benutzte dafür die Neutronenaktivierungsanalyse, kurz NAA genannt. Diese NAA bedient sich der atomaren Strahlung.

Das Prinzip der Neutronenaktivierung besteht darin, daß jedes chemische Element, das selber keine Strahlung aussendet, durch Beschießen mit Neutronen radioaktiv gemacht werden kann. Neutronen sind ein elektrisch neutraler Bestandteil des Atomkerns. Sie durchdringen starke Materieschichten und können, wenn sie auf andere Atomkerne auftreffen, Kernreaktionen erzeugen. Dabei verwandeln sich die Atome nichtstrahlender Elemente in strahlende. Ihre atomare Strahlung ist nach Intensität und Frequenz meßbar. Da jedes chemische Element eine nach Intensität und Frequenz unterschiedliche Strahlung aufweist, läßt sich durch Messung von Intensität und Frequenz das jeweilige Element qualitativ und quantitativ feststellen. Bei den Strahlen handelt es sich hauptsächlich um Beta- und Gammastrahlen. Auf diese Weise gelingt es, selbst winzigste Spuren von Elementen, die nur ein Milliardstel bis ein Billionstel Gramm betragen, nachzuweisen. Jervis hatte bereits Erfahrungen mit der NAA. Er und seine Mitarbeiter hatten entdeckt, daß das Haar außer den natürlichen Grundelementen seiner organischen Substanz – Wasserstoff, Stickstoff, Sauerstoff, Kohlenstoff – eine Reihe weiterer Elemente in winzigsten Spuren enthält, so Arsen, Kupfer, Natrium, Zink, Brom, Kalzium, Eisen, Mangan, Aluminium, Blei, Gold.

Die bisherigen Untersuchungen hatten erbracht, daß diese Spurenelemente bei jedem einzelnen Menschen in unterschiedlicher Quantität und ganz verschiedener Kombination vorhanden sind. Man vermutete, daß diese Unterschiede sogar vom geographischen und sozialen Milieu, von Ernährung und Lebensweise bestimmt werden. Bemerkenswert an diesen Forschungen ist, daß kriminalistische Erfordernisse den Anstoß dazu gegeben hatten. Jervis und seine Leute hatten bereits bei der Aufklärung mehrerer Giftmorde mitgewirkt.

Constable Kerr vom Polizeilabor Ottawa hatte einige Zeit mit Jervis in Chalk River zusammengearbeitet und kannte dessen Erfolge in der Haaranalyse. Als Kerr die Haarproben aus Sackville erhielt, stand es für ihn sofort fest, die NAA zur Vergleichsuntersuchung zu nutzen. Aber das Ergebnis der ersten Aktivierung in Chalk River blieb unbefriedigend. Die Wissenschaftler konnten lediglich mit Bestimmtheit nachweisen, daß das in Gaetanes Hand gefundene Haar nicht von ihr selbst stammte. Dieses Haar wies einige Spurenelemente auf, die Gaetanes eigenes Haar nicht besaß.

Das Ergebnis war also lediglich ein negativer Beweis, der nicht ausreichte. Weitere Untersuchungen machten sich notwendig.

Das nächste Arbeitsstadium zeigte, daß sich das Verbrechen an Gaetane sozusagen »produktiv« auf die Wissenschaft auswirkte. Die Spurenelemente, die im Täterhaar vorhanden waren, ließen noch keine sichere Aussage zu, daß das Haar von Vollman stammte. Es liegt ja auch auf der Hand: Je mehr einzelne Elemente in ihrer unterschiedlichen Quantität nachgewiesen werden konnten, desto sicherer konnte auch seine Individualität, seine Zuordnung zu den anderen Haarproben des mutmaßlichen Täters eindeutig nachgewiesen werden.

In seinem Bericht über den Fall Bouchard schrieb J. Thorwald: »Wenn nur drei Elemente gemessen wurden, betrug die Wahrscheinlichkeit der Wiederholung 1 : 4 800. Wurden fünf Elemente gemessen, betrug sie 1 : 126 800. Bei sieben Elementen stieg sie auf 1 : 14 250 000, bei elf Elementen auf 1 : 1 140 000 000.«

Wenn man also elf Spurenelemente in einem einzelnen Haar quantitativ und in ihrer Kombination feststellt, wird sich unter mehr als einer Milliarde Menschen kein gleiches Haar finden. Man kann diese Überlegung fortsetzen. Mit nur einem oder zwei weiteren Spurenelementen läßt sich jedes beliebige Haar von den Haaren aller anderen Menschen auf der Welt unterscheiden und damit einem bestimmten Menschen ebenso individuell zuordnen wie ein Fingerabdruck.

Diesem Ziel näherzukommen, war die Aufgabe der weiteren Forschungen in Chalk River. Dieses Ziel hatte man noch nicht erreicht, weil die Meßapparaturen nicht subtil genug waren, um die sehr geringe Gammastrahlung nachzuweisen. In den Zählgeräten überlagerten sich mehrere Gammastrahlen. Erst im Verlauf mehrerer Monate gelang es dann, die verschiedenen Strahlungen gegeneinander abzuschirmen, bis man für mehrere Elemente reine Werte erhielt. Schließlich war Kerr soweit, um sagen zu können, daß das Haar aus der Hand der Toten von Vollman stammen könnte.

Der Prozeß gegen Vollman fand im November 1958 statt. Kerr als Sachverständiger legte dem Gericht seine Beweise vor. Sie wurden zur Sensation des Prozesses. Unter der Wirkung der Beweise entschloß sich Vollman auf Anraten seines Verteidigers zu einem Teilgeständnis. Er gab zu, Gaetane sei in seinem Wagen zur Kiesgrube mitgefahren. Dort sei es zu intimen Liebesspielen gekommen. Vor dem eigentlichen Geschlechtsakt aber sei Gaetane zurückgeschreckt. Er habe ihn erzwingen wollen. Was dann geschehen sei, wisse er nicht mehr. Im Kreuzverhör gestand er dann noch, daß Mädchen gewürgt zu haben, bestritt aber, er hätte Gaetane vorsätzlich getötet. Der Ankläger vertrat die Meinung, Vollman habe das Opfer seiner versuchten Vergewaltigung ermordet, um seine Gewalttat nicht bekannt werden zu lassen.

Die Geschworenen sprachen den Reporter und stellvertretenden Direktor der Zivilverteidigung von Madawaska des Mordes schuldig. Er wurde zum Tode verurteilt, aber später zu lebenslänglich begnadigt.

Die auf so dramatische Weise bekannt gewordene Neutronenaktivierungsanalyse von menschlichen Haaren erlebte in den folgenden Jahren nach ihrem anfänglichen Triumph noch einige Rückschläge. Kriminaltechniker, die mit der Kompliziertheit des Verfahrens nicht genügend vertraut waren, konstruierten Apparaturen, die sozusagen auf Knopfdruck funktionieren und ihre Beweise ausspucken sollten. Diese Simplifizierung der NAA zwang ihre Entdecker, sie weiter zu vervollkommnen.

Bankraub und Raubmord

Nun ist es also doch passiert, denkt der Fernfahrer Matthias Weitmüller, als er plötzlich vor der Leiche steht, am Rand eines Waldweges, der von der Hauptstraße abzweigt. Was man sonst nur auf dem Bildschirm erblickt, ist Wirklichkeit geworden.

Weitmüller hatte heute morgen hier angehalten, um sich ins Gras zu setzen und zu frühstücken.

Neben einem Holunderbusch liegt ein Toter. Das Oberhemd des Mannes ist zerrissen, wahrscheinlich von Messerstichen durchlöchert, mit verkrustetem Blut bedeckt. Auch das Gras hat sich braunrot verfärbt. Die trüben Augen des Toten starren Weitmüller an. Er verspürt keinen Hunger mehr und eilt zu seinem Wagen zurück ...

Kommissar Lever leitet die Untersuchung. Vorerst scheint dieser Fall keine Rätsel aufzugeben. In der Gesäßtasche des Toten findet sich sein Personalausweis. Der Mann heißt Roland Siedler und ist vierunddreißig Jahre alt. Wenige Schritte von der Leiche entfernt liegt eine Pistole. Das Magazin ist gefüllt, aber es ist kein Schuß daraus abgefeuert worden. Das zertrampelte Gras weist auf einen Kampf mit dem Mörder hin.

Der Rechtsmediziner Dr. Karauschke stellt mehrere Messerstiche im Brust- und Bauchraum fest, vermutlich sei ein Stich ins Herz tödlich gewesen. Dr. Karauschke schätzt, daß der Tod gestern abend zwischen neunzehn und zwanzig Uhr eingetreten sei.

Als dann hinter einem anderen Gebüsch eine Umhängetasche gefunden wird, beginnt sich für den Kommissar der Fall endgültig zu klären. In der Tasche befindet sich nämlich nichts weiter als eine Strumpfmaske. Lever ist überzeugt, daß dieser Tote, der seit gestern abend gesuchte Bankräuber ist, der kurz vor Kassenschluß die Bankfiliale in G. überfallen und etwa 75 000 Mark erbeutet hatte. Nach den Zeugenaussagen hatte ein zweiter Mann während des Überfalls vor der Bank mit dem Fluchtwagen, einem schwarzen AUDI 100, gewartet. Die Täter waren unerkannt entkommen.

Wer war also der zweite Mann, der den Fluchtwagen gefahren hatte? War er Siedlers Mörder? Mit großer Wahrscheinlichkeit – denn am Tatort hatte man keinen einzigen Geldschein gefunden. War der Bankraub in einen Raubmord umgeschlagen?

Die weiteren Ermittlungen bestätigten Levers Vermutung. Schon am nächsten Tag wird der mutmaßliche Täter gestellt. Es ist ein Bekannter Siedlers oder, wie er sich selbst nennt, ein »alter

Kumpel« von ihm. Manthey ist achtundzwanzig Jahre, arbeitslos wie Siedler, wegen Spielsucht immer in Geldnöten.

Manthey gibt zu, kurz vor dem Bankraub mit seinem Kumpel Siedler in S. in STEFFT'S BIERGARTEN gesessen zu haben. Beide hatten dort, wie die Serviererin bezeugte, gegessen und getrunken. Manthey bestreitet jedoch entschieden, als Fahrer des Fluchtwagens am Bankraub teilgenommen zu haben. Vielmehr behauptet er, er habe den Biergarten allein verlassen und sei in seinem Wagen, einem weißen FORD ESCORT, nach L. heimgefahren.

Tatsächlich gibt es keine Zeugen, die Siedler und Manthey gemeinsam den Biergarten verlassen oder in den schwarzen AUDI einsteigen sahen. Manthey kann aber auch nicht nachweisen, daß er zur Zeit des Bankraubes unterwegs nach Hause oder sogar schon zu Hause angekommen war. Eine Wohnungsdurchsuchung bei Manthey fördert weder das geraubte Geld noch eine Tatwaffe zutage. An den Kleidungsstücken, die Manthey am betreffenden Abend getragen hat, finden sich keine Blutspuren.

Am gleichen Tag wird der Fluchtwagen entdeckt, der gestohlene schwarze AUDI. Darin werden Fingerabdrücke von Siedler gefunden, der auf dem Beifahrersitz gesessen hatte, aber keine Abdrücke von Manthey. Der Kommissar muß nach anderen Beweisen suchen, daß Manthey den Fluchtwagen gefahren hat. Nur dann ist es möglich, eine Verbindung zum Mord an seinem Mitfahrer Siedler herzustellen. Lever entschließt sich, eine vergleichende Textilfaseranalyse vornehmen zu lassen.

Mit transparentem Klebeband werden Fasern vom Schonbezug des Fahrersitzes und der Hose Mantheys abgenommen und unter dem Lichtmikroskop verglichen. Tatsächlich finden sich schwarz eingefärbte Synthesefasern vom Sitzbezug auf der Hose und umgekehrt graue Wollfasern von der Hose auf dem Fahrersessel.

Soweit wird also noch mit der gleichen Methode gearbeitet wie im Aberdeener Kindermord-Fall ein halbes Jahrhundert zuvor. Damals waren Textilfasern untersucht worden, die sich im Sack mit der Leiche befunden hatten. Sie waren nach Länge, Breite, Struktur, Farbe usw. mit Fasern aus der Wohnung der Täterin verglichen und durch mikrochemische und spektographische Analysen noch genauer bestimmt worden. Heute genügen diese Untersuchungen oft nicht mehr. Glatte synthetische Fasern besitzen oft keine für den Vergleich verwendbare Oberflächenstruktur. Der Beweis, daß die Fasern an Hose und Schonbezug des Fahrersitzes identisch sind, erscheint den Gutachtern nicht ausreichend. Deshalb führen sie eine weitere Vergleichsuntersuchung mit dem Raster-Elektronenmikroskop durch. Es ermöglicht bei 2400facher Vergrößerung eine plastische Oberflächendarstellung.

Das Raster-Elektronenmikroskop, kurz REM genannt, erlaubt, im Unterschied zum bisher üblichen Lichtmikroskop durch seine sehr hohe Vergrößerung und die Darstellung dreidimensional ausgedehnter Oberflächen der betreffenden Probe, einen weit genaueren Vergleich. Das Lichtmikroskop liefert bei geringer Vergrößerung zu wenig Details der Oberfläche. Wird jedoch zu stark vergrößert, verringert sich die Tiefenschärfe. Das REM ist ein sogenanntes Auflicht-Elektronenmikroskop. In ihm wird ein scharf gebündelter Elektronenstrahl über die Oberfläche des Untersuchungsobjektes geführt. Er rastert – ähnlich wie bei einer Fernseh-Bildröhre – punkt- und zeilenweise die im Vakuum befindliche Probe ab. Als Endergebnis erhält man eine Abbildung der zu untersuchenden Oberfläche in verschiedener Vergrößerung. Sie hat einen hohen Beweiswert (E. Böhm).

Die Untersuchung der Vergleichsproben von Mantheys Hose und dem Fahrersitz ergibt in Oberflächenstruktur und Querschnittsform eine weitgehende Identität. Die zahlreichen einzelnen Befunde erlauben die Schlußfolgerung, daß Manthey den Fluchtwagen gefahren hat. In gleicher Weise wird dann auch bewiesen, daß Siedler auf dem Beifahrersitz gesessen hat.

Mit diesem Beweis ist die Ermittlung in ein neues Stadium getreten. Es endet schließlich mit Mantheys Geständnis. Manthey war noch während der Flucht mit seinem Kumpel in Streit darüber geraten, was weiter mit der Beute geschehen sollte. Bei der Suche nach einem vorläufigen Versteck im Wald war es dann endgültig zum Zusammenstoß gekommen. Manthey hatte sich, wie er behauptete, von Siedlers Pistole bedroht gefühlt und mit seinem Klappmesser mehrmals zugestochen. Er bestritt aber, daß er Siedler habe töten wollen.

Bei der Vergleichsuntersuchung im REM waren jeweils mehr als hundert einzelne Synthesefasern von Hose und Sitz miteinander verglichen worden. Die Unmenge verfügbarer Fasern zeigt, daß jedes Gewebe mit Fasern aller Art übersät ist. Hierin liegt die große Chance für solche Vergleichsuntersuchungen durch das REM.

Das ist besonders wichtig auch bei Sexualdelikten. Überkreuzen sich Kleiderfasern des mutmaßlichen Täters mit denen des Opfers, so erhärtet das den Verdacht gegen den Täter.

Die vergleichende Textilanalyse ist nur eine der vielen Möglichkeiten des REM. Es vermag auch jegliches andere Material wie Metall, Plaste, organische Stoffe zu »individualisieren« und Identität auszuschließen oder zu bestätigen. Beispielsweise genügt für die Untersuchung eines Verkehrsunfalls mit Fahrerflucht bereits ein winziger Lacksplitter vom Wagen des Flüchtigen, um die Identität seines Wagens festzustellen. Im Bundeskriminalamt Wiesbaden gibt es Zehntausende Lackproben von Kraftfahrzeugen. Marke, Typ, Baujahr des Wagens lassen sich dadurch bestimmen. Am Beispiel der Neutronenaktivierungsanalyse (NAA) und des Raster-Elektronenmikroskops zeigt sich nicht nur der Fortschritt der kriminalistischen Identifizierungsmöglichkeiten. Es zeigt sich auch, wie bestimmte technische Verfahren, die noch vor wenigen Jahrzehnten zur Domäne des Gerichtsmediziners gehörten, sich immer mehr spezialisieren, verselbständigen und in den kriminaltechnischen Bereich übergehen.

Auch im folgenden Fall gehen die Grenzen zwischen Gerichtsmedizin und Kriminaltechnik ineinander über. Er schildert die wohl revolutionärste Wende, die sich bei der Suche nach der »individuellen Einmaligkeit« einer Spur seit der Nutzung des Fingerabdruckverfahrens vollzogen hat. Das ist der sogenannte genetische Fingerabdruck, der Mitte der achtziger Jahre zum ersten Mal in einem Mordprozeß den entscheidenden Beweis lieferte.

Der Sexualmörder Pitchfork

Am 21. November 1985 rief der Arbeiter Eddie Eastwood nachts um halb zwei die Polizeistation in Braunstone an. Eastwood wohnte in Narborough, einem Dorf bei Leicester in Mittelengland. Eastwood sagte, er vermisse seine fünfzehnjährige Tochter Lynda. Sie sei sonst immer spätestens halb zehn heimgekommen. Deshalb habe er sie bereits stundenlang gesucht, aber vergeblich. Ein Polizist nahm die Vermißtenmeldung zu Protokoll. Eddie machte sich erneut auf die Suche und kehrte schließlich erfolglos zu seiner Frau zurück.

Am nächsten Morgen entdeckte ein Krankenpfleger auf dem Weg zur Klinik die Leiche des Mädchens. Sie lag unter Bäumen auf dem Gelände des Hospitals. Lyndas Unterkörper war nackt. Jeans, Strumpfhose, Slip und Schuhe lagen unweit der Leiche. Ihr Gesicht war mit Blut bedeckt und durch Blutergüsse verfärbt. Die Zunge ragte zwischen den Zähnen heraus. Der Hals war mit einem fest verknoteten Schal zugeschnürt.

Lynda war ein fröhliches und liebenswürdiges Mädchen gewesen. Sie war begabt und hatte in der Schule überdurchschnittliche Leistungen aufzuweisen gehabt. Durch Babysitten hatte sie sich nebenbei ein Taschengeld verdient.

Bei der Obduktion der Toten stellte der leitende Gerichtsmediziner fest, daß der Täter das Mädchen mit Faustschlägen ins Gesicht gefügig gemacht, es vergewaltigt und dann erdrosselt hatte. Im Schamhaar, zwischen den Schamlippen und in der Vagina wurde Sperma gefunden. Die Analyse des Spermas ergab die in England relativ seltene Blutgruppe A, PGM 1 +. Sie war die einzige Spur, die die Mordkommission vom Täter besaß.

Es wurde sofort eine zahlenmäßig starke Sonderkommission gebildet. Sie richtete sich gleich in Narborough ein, um die Ermittlungen zu konzentrieren. Chiefsuperintendent Baker leitete die Untersuchung. Ihm standen etwa 150 Mitarbeiter zur Verfügung. Baker mußte rasch zu einem Erfolg kommen. Denn die Bevölkerung war äußerst beunruhigt, ja in Angst, das Verbrechen könne sich wiederholen. Die Presse berichtete täglich über den Fortschritt in der Ermittlung, soweit von Fortschritten überhaupt die Rede sein konnte. Obwohl die Polizei computergestützt arbeitete, verringerte sich der Aufwand nicht, er vergrößerte sich von Tag zu Tag. Karteien von allen möglichen Sexualtätern wurden durchgerastert, erst aus der näheren, später der weiteren Umgebung. Vom Entblößer bis zum Vergewaltiger wurden alle Sexualtäter vernommen und auf ihr Alibi überprüft. Als das ergebnislos blieb, dehnte sich die Alibiüberprüfung auf alle Männer zwischen 13 und 34 Jahren aus, die in Narborough und umliegenden Ortschaften wohnten. Diese Altersgrenzen wurden festgelegt, weil die Spermaanalyse auf einen Täter in diesem Altersbereich hinwies.

Zugleich mußten Tausende von Hinweisen und Aussagen aus der Bevölkerung und mehr als 4000 vermeintliche Spuren überprüft werden. Sie alle erwiesen sich als nutzlos. Angst, Panik und Phantasie gebaren Phantomtäter, die angeblich überall und dann doch nirgends gesehen worden waren.

Weihnachten ging vorüber. Im Februar suchten noch immer fast hundert Mitglieder der Sonderkommission nach dem Täter. Er war, wie ein Polizist sagte, ebenso schwer zu fassen wie das verdammte Ungeheuer von Loch Ness.

Inzwischen war die Polizei dazu übergegangen, einer Anzahl Verdächtiger Blutproben zu entnehmen und diese in den gerichtsmedizinischen Labors von Leicester untersuchen zu lassen. Auch diese Ergebnisse waren insgesamt negativ. Im August, ein Dreivierteljahr nach dem Verbrechen, wurden die Ermittlungen eingestellt.

Drei Jahre später, am 31. Juli 1986, verschwand die fünfzehnjährige Dawn Ashworth, die in Endeby, einem Nachbarort von Narborough, wohnte. Dawns Vater war Ingenieur, ihre Mutter arbeitete in einer Modeboutique. Dawn hatte während der Sommerferien einen Job in einem Zeitungsladen übernommen und war an diesem 31. Juli nicht mehr nach Hause gekommen. Noch in der gleichen Nacht machten sich die Eltern und Freundinnen von

Dawn auf die Suche. Dawn wurde nicht gefunden. Robin Ashworth benachrichtigte die Polizei.

Am nächsten Morgen suchte ein großes Polizeiaufgebot die Umgebung des Ortes ab. Die Einwohner wurden systematisch befragt. Am übernächsten Tag verstärkte die Polizei ihre Suchaktion. Spürhunde wurden eingesetzt, Hubschrauber suchten das unübersichtliche, von Hecken und Gebüschen durchschnittene Gelände Meter für Meter ab. Dann entdeckte einer der Polizisten, die im Hubschrauber waren, inmitten eines Dornbusches eine Hand.

Die Tote war mit Heu, Laub und Ästen zugedeckt. Wie damals bei Lynda war auch Dawns Unterkörper entblößt. Auf dem linken Oberschenkel befand sich Blut. Das Schamhaar war durch Sperma verfilzt. Das Gesicht zeigte zahlreiche Verletzungen. Kein Zweifel, auch Dawn war vergewaltigt und getötet worden.

Die Obduktion bestätigte diese Annahme. Der gerichtsmedizinische Bericht unterschied zwischen den Verletzungen, die der Lebenden zugefügt worden waren, und solchen nach dem Tode. Die vitalen Verletzungen entstanden durch Handkantenschläge ins Gesicht, durch Druck auf Hals und Rumpf. Das gewaltsame Eindringen in Vagina und Anus hatten schwere Verletzungen am Damm verursacht. Nach dem Tod entstandene Verletzungen wurden ebenfalls im Genitalbereich gefunden, weitere waren beim Verschleppen der Leiche ins Dorngebüsch entstanden.

Aus gerichtsmedizinischer Sicht war das Opfer von hinten umklammert, gewürgt, geschlagen und niedergeworfen worden. Der Täter hatte dem Mädchen den Mund zugehalten, um es am Schreien zu hindern, und es schließlich gewürgt. Dawn war noch jungfräulich gewesen. Die gewaltsame sexuelle Penetration in Vagina und Anus war während des Todeskampfes und wahrscheinlich auch noch danach erfolgt.

Für die weitere Untersuchung wurden Abstriche aus Mund, Vagina und Anus gesichert.

Die Polizei war überzeugt, daß bei Dawn der gleiche Täter wie bei Lynda am Werk gewesen war. Über zweihundert Polizisten nahmen die Ermittlung auf. Das Verwirrspiel begann erneut. Anrufe, Verdächtigungen, unbrauchbare Informationen, Gerüchte, phantomhafte Täter. Im Fernsehen erklärte ein angesehener Psychiater, der Täter sei ein völlig normal wirkender Mensch, den niemand verdächtige. Er sei ein Triebtäter und werde erneut morden. Die Presse schürte die sich verbreitende Hysterie. Anonyme Spender setzten eine Belohnung von fünfzehntausend Pfund aus.

Nach einer Woche ergab sich die scheinbar erste heiße Spur. Ein siebzehnjähriger Jugendlicher, der als Küchenjunge in einem Krankenhaus arbeitete, geriet in den Sog, den der Erfolgszwang der Polizei erzeugt hatte.

Eine Tragikomödie nahm ihren Lauf. Der Küchenjunge erwies sich für die Polizei sehr rasch als Glücksfall. Er war ein geistig zurückgebliebener, durch Minderwertigkeitskomplexe geltungsbedürftiger Junge, der sich plötzlich im Scheinwerferlicht erregter Öffentlichkeit sah. Er gab ohne weiteres zu, mehrmals an kleinen Mädchen sexuelle Handlungen vorgenommen zu haben. Er gab auch zu, beide ermordeten Mädchen gekannt zu haben. In pausenlosen Verhören entlockten ihm die Ermittler immer neue Geständnisse, die schließlich in der Schilderung der Morde gipfelten. Obwohl mehrere Kriminalisten seine Täterschaft bezweifelten (»nicht alle Tassen im Schrank« oder »Dorfidiot«), waren Baker und seine Leute überzeugt, den Doppelmörder gefaßt zu haben. Die Blutuntersuchung allerdings ergab eine andere Blutgruppe, als sie der Täter hatte. Die Gerichtsmediziner hielten es deshalb für unwahrscheinlich, daß er der Täter sei.

Aber es wäre, wie der Chronist Joseph Wambaugh schrieb, »schwer gewesen, irgendwo einen Kriminalbeamten aufzutreiben, der seinen Ruf wegen einer so zweifelhaften Sache wie einer Blutgruppenbestimmung aufs Spiel gesetzt hätte«. Trotzdem sollte die Blutgruppenbestimmung diesem Fall eine völlig neue Richtung geben.

Chiefsuperintendent Baker behauptete später, er sei es gewesen, der endlich mit absoluter Sicherheit anhand der Blutgruppe den Küchenjungen überführen wollte. Dagegen behauptete der

Vater des Jungen, er habe etwas von einer todsicheren Blutgruppenbestimmung gelesen und eine nochmalige Blutgruppenbestimmung gefordert. Jedenfalls wurde dem Verdächtigen wiederum eine Blutprobe entnommen und diesmal an die Universität in Leicester geschickt.

Dort arbeitete der junge Genetiker Dr. Alec Jeffreys. Er hatte kürzlich auf dem Gebiet der genetischen Forschung eine aufsehenerregende Entdeckung gemacht: daß sich aus einer Blutspur die absolut individuelle einmalige Blutstruktur erschließen lasse. Wie aus anderen Mordfällen bereits bekannt war, erlaubte die Bestimmung der Blutgruppe immer nur einen negativen Beweis. Zwei unterschiedliche Blutproben schlossen Identität aus. Bei gleichen Blutgruppen war die Identität nicht mit Sicherheit festzustellen, da ja die bisher bekannte Anzahl der Blutgruppen begrenzt ist und unendlich viele Menschen die gleiche Blutgruppe haben. Diese unübersteigbare Grenze der Identifizierung durch die Blutgruppe hob Dr. Jeffreys auf.

Die Zeitschrift KRIMINALISTIK berichtete 1989 über die Bedeutung der genetischen Forschung für die Kriminalistik. In den siebziger und achtziger Jahren hatte die genetische Forschung im Hinblick auf die DNS große Fortschritte gemacht. Die DNS als eine einmalige und einzigartige Substanz enthält die gesamte genetische Information und damit die Anlagepläne jedes Lebensbausteins und somit jedes Lebewesens. Sie enthält die Verschlüsselung der Individualität. Aus ihr läßt sich die unendliche morphologische Variabilität des Lebens ablesen. Damit läßt sich ein einmaliges individuelles Muster darstellen. Die in allen Zellkernen enthaltene DNS (Desoxyribonukleinsäure) kann mit relativ einfachen chemischen Extraktionsverfahren aus Blut, Sperma, Gewebe u. a. gewonnen werden. Durch den Mustervergleich kann mit hoher Sicherheit die Identität bestätigt oder ausgeschlossen werden.

Es ist hier nicht der Ort, dieses »relativ einfache«, für den Laien dennoch schwer verständliche Extraktionsverfahren zu beschreiben. Es genügt zu wissen, daß es im fadenförmigen DNS-Molekül Abschnitte gibt, die aus kurzen aneinandergefügten DNS-Sequenzen, sogenannten Minisatelliten, bestehen. Sie unterscheiden sich durch eine unterschiedliche Anzahl voneinander. Auf dem Röntgenfilm erscheinen sie als eine ganze Reihe von grauen und schwarzen Streifen, »ähnlich wie auf dem Strichcode, der benutzt wird, um Supermarktartikel zu kennzeichnen« (Wambaugh). Jeffreys selbst, der für seine Entdeckung eine Professur in Leicester erhielt, sagte über seine Entdeckung, daß ein so gewonnenes Muster – eineiige Zwillinge ausgenommen – »keinem anderen Menschen auf diesem Planeten gehört, der je gelebt hat oder je leben wird«. In Anlehnung an den ebenso einmaligen Fingerabdruck nannte Jeffreys den Strichcode einen DNS-Fingerprint. Heute spricht man auch vom »genetischen Fingerabdruck«.

Jeffreys untersuchte also das Blut des Küchenjungen und stellte am Ende fest, daß er nicht der Täter sei. Ebenso stehe jedoch fest, daß beide Mädchen von demselben Mann vergewaltigt worden waren. Zum ersten Mal in der Geschichte der Kriminalistik hatte der genetische Fingerabdruck einen mutmaßlichen Mörder unwiderruflich entlastet.

Chiefsuperintendent Baker und sein Team waren tief bestürzt. Jahrelange Arbeit umsonst. Der Triumph, den Doppelmörder gefaßt zu haben, war in eine öffentliche Niederlage umgeschlagen.

Und wieder begann alles von vorn. Und es begann von einer denkbar ungünstigen Ausgangsposition her. Die Kriminalisten konnten und wollten Jeffreys Beweis nicht akzeptieren. Sie suchten weiterhin nach »wasserdichten Beweisen« gegen den unschuldigen Küchenjungen. Mehr als zweitausend unbearbeitete Hinweise mußten mit täglich neu eingehenden Informationen überprüft werden. Wieder kam Weihnachten heran, und noch immer gab es nicht die geringste Spur. Baker geriet immer mehr unter Druck. Er sah sich gezwungen umzudenken. Wenn der genetische Fingerabdruck nun doch ernst genommen werden müßte? Baker entschloß sich zu einer, wie er sagte, revolutionären Maßnahme. Alle Männer zwischen 17 und 34 Jahren, die in einem größeren Umkreis wohnten, sollten freiwillig Blut- und Speichelproben abgeben, damit sie als Verdächtige ausgeschlossen werden könnten.

Ebenso sollten die Männer erfaßt werden, die zur Zeit der Morde hier gearbeitet hatten oder in der Klinik stationiert gewesen waren.

Eine beispiellose Aktion setzte sich, anfangs schwerfällig, dann immer routinierter, in Gang: das »Anzapfen«, wie die Blutentnahme genannt wurde. Jeder Proband, dem eine Blutprobe entnommen wurde, mußte sich ausweisen (was in England schwierig ist, weil es dort keine verläßlichen Personalausweise gibt). Deshalb wurde auch ein Fingerabdruck angefertigt und ein Polaroidfoto gemacht. Es wurden Fragen nach dem Aufenthalt zur Zeit der Morde gestellt. Nach einiger Zeit war eine Anzahl Männer noch immer nicht zum Anzapfen erschienen. Die Polizei verschickte Vorladungen.

Zu den Säumigen gehörte auch der Bäcker Colin Pitchfork. Er war verheiratet und hatte zwei Kinder. Pitchfork liebte Musik, spielte Klavier und Schlagzeug und galt in seinem Betrieb als Spezialist für Verzierung von Torten. Er war schon früher auf der Liste Verdächtiger gewesen, da er mehrmals wegen Exhibitionismus auffällig geworden war. Da er aber zur Zeit von Lyndas Tod noch nicht in Narborough gewohnt hatte, blieb er von intensiverer Vernehmung verschont. Als Pitchfork seine Vorladung erhielt, überredete er seinen Arbeitskollegen Kelly, an seiner Statt zum Anzapfen zu gehen. Kelly tat ihm den Gefallen. Die Polizisten merkten nicht, daß Kellys Paßfoto in Pitchforks Paß eingeklebt worden war. Später erzählte Kelly von diesem Streich, und über Umwege kam die Sache der Polizei zu Ohren. Kelly wurde verhört und gestand den Betrug. Das reichte aus, um Pitchfork zu verhaften. Bereits bei der Festnahme gestand er beide Verbrechen. In den Vernehmungen wurde deutlich, daß er ein gefühlskalter Soziopath war. Er hatte, was selten genug vorkam, die Grenze zwischen Exhibitionismus und Vergewaltigung überschritten und aus Angst vor Entdeckung seine Opfer ermordet.

Das DNS-Muster von Pitchforks Blutprobe stimmte genau mit dem aus den Spermaspuren gewonnenen Muster überein.

So hatte Professor Jeffreys Entdeckung des genetischen Fingerabdrucks in diesem Doppelmordfall zweifach die Wahrheit enthüllt. Der genetische Fingerabdruck hatte die Unschuld des Küchenjungen und die Schuld des Bäckers Pitchfork bewiesen. Pitchfork erhielt lebenslänglich.

Die in diesem Kapitel erzählten Fälle aus anderthalb Jahrhunderten zeigen, wie lang und steinig der Weg war, den die Gerichtsmedizin gehen mußte, um unbekannte oder entstellte Tote, um Opfer und Täter zweifelsfrei identifizieren zu können. Das theoretische Ziel, eine Spur als individuell einmalig zu bestimmen, ist heute für die Gerichtsmedizin im Verein mit der Kriminaltechnik praktisch erreichbar – sofern die materiellen und instrumentalen Voraussetzungen dafür vorhanden sind. Fingerabdruck, Neutronenaktivierungsanalyse, Raster-Elektronenmikroskop und genetischer Fingerprint sind wichtige Stationen auf dem Weg zu diesem Ziel.

• • •

Die Kriminalisten H. Heitborn und F. Steinbild berichteten, wie 1989 ein scheinbar unaufklärbarer Sexualmord mit Hilfe des »genetischen Fingerabdrucks« doch noch aufgeklärt werden konnte.

Bianka Harnisch, eine zweiundzwanzigjährige Verkäuferin in einer westfälischen Kleinstadt, bewohnte eine Souterrainwohnung in einem Zweifamilienhaus. Ihr Freund Frank besuchte sie oft. In letzter Zeit übernachtete er auch bei ihr. Den Abend des 21. Dezember hatten beide getrennt verbracht, Bianka mit einigen Freundinnen, Frank mit mehreren Kollegen.

Gegen 3 Uhr früh kehrte Frank in Biankas Wohnung zurück. Ein Freund begleitete ihn. Verwundert bemerkten sie, daß die Wohnungstür offenstand. Auf seine Rufe erhielt Frank keine Antwort. Dann fand er Bianka im Schlafzimmer. Sie lag nackt auf dem Bett, ihr Körper war blutüberströmt.

Bei der Untersuchung des Tatorts stellte die Kripo fest, daß die Tür nicht gewaltsam aufgebrochen worden war. Möglicherweise hatte Bianka den Täter gekannt und in die Wohnung eingelassen.

Aus der Scheide des Opfers war ein Sekret aufs Laken geflossen. An der Leiche und am Bett wurden Mikrospuren sichergestellt,

u. a. in größerer Menge Fasern von einem pinkfarbenen Polyacryl-Kleidungsstück.

Die rechtsmedizinische Obduktion ergab als Todesursache Verbluten. Das Opfer hatte zahlreiche Stiche im Hals- und Bauchbereich erhalten. Mit großer Gewalt hatte der Täter auch drei Stiche in die Schläfe geführt. Die auf dem Laken gefundene Flüssigkeit war eine Mischung aus Vaginalsekret und Sperma. Es war anzunehmen, daß das Opfer vergewaltigt und danach getötet worden war.

Eine Anzahl Personen aus Biankas Bekanntenkreis wurde vernommen und ihre Blutgruppe festgestellt. Dazu gehörte auch ein dreiundzwanzigjähriger Mann, der mit Bianka befreundet war. Er hatte bereits einige Gewalttätigkeiten gegen Frauen begangen. Er leugnete, Bianka ermordet zu haben. Ein Vergleich seiner Blutgruppe mit der aus dem Sperma gewonnenen Blutgruppe ergab, daß er als einziger der Tat verdächtig war. Aber mit Sicherheit war er nicht als Täter zu identifizieren.

Die Kriminalisten entschlossen sich, einen anerkannten Spezialisten für DNA-Analyse, den Züricher Gerichtsmediziner Dr. Bär, zu Rate zu ziehen. Dr. Bär untersuchte das Vergleichsmaterial. Der genetische Fingerabdruck schloß den Verdächtigen als Täter aus.

Der Mordfall Bianka Harnisch blieb ungeklärt.

Mehr als ein Jahr später, am 23. Februar 1989, erfolgte im selben Ort erneut ein Sexualmord. Die siebzehnjährige Schülerin Peggy Petersen war von einem abendlichen Handballtraining nicht heimgekehrt. Eine umfängliche Suchaktion der Polizei blieb erfolglos. Lediglich Peggys Fahrrad wurde am Ufer der Ems gefunden, die Hochwasser führte.

Vier Wochen später wurde die in der Ems treibende Leiche Peggys entdeckt. Der Unterkörper der Toten war nackt.

»Bei der Obduktion dann der entscheidende Befund: todesursächlich waren brutal und gezielt gesetzte Stichverletzungen in den Hals-, Kopf- und Brustbereich, wobei der Halsstich und die Kopfstiche in die rechte Schläfe fast identisch waren mit den Verletzungen bei Bianka H. Jetzt war wohl jedem klar, daß wir in dem kleinen Städtchen einen Doppelmörder suchen mußten.«

Die Suche erfolgte nach allen Regeln kriminalistischer Routine und Taktik. Sie führte ins Leere. Erneut nahm die Mordkommission Verbindung zu Dr. Bär in Zürich auf. Die Kriminalisten gingen davon aus, daß nur Spurenmaterial aus der Mordsache Bianka H. eine Chance für die Ermittlung des Mörders bot.

Dr. Bär teilte mit, daß inzwischen die DNA-Analyse weiter verfeinert worden und in der Lage sei, den Täter selbst aus einer größeren Anzahl Verdächtiger eindeutig zu identifizieren.

Daraufhin wählte die Mordkommission zweiundneunzig Männer aus, die nach den üblichen Kriterien für überprüfenswert gehalten wurden. Dem Bericht zufolge wurde nach umfänglichen Vorbereitungen die Aktion »generalstabsmäßig« durchgeführt.

Die zweiundneunzig zu überprüfenden Männer waren zuvor informiert und zu einer freiwilligen Blutentnahme aufgefordert worden. Nur drei weigerten sich. Aufgrund entsprechender strafrechtlicher Bestimmungen konnte auch ihnen Blut entnommen werden.

Den Hauptanteil der DNA-Analyse übernahm das Züricher Gerichtsmedizinische Institut.

Nach vier Wochen teilte Dr. Bär mit, von den zweiundneunzig überprüften Personen könnten einundneunzig als Verursacher der Spermaspur ausgeschlossen werden. Eine der Proben wäre nun noch genauer zu prüfen. Wiederum zwei Wochen später hatte Dr. Bär zweifelsfrei die Identität zwischen Spermaspur und Blutprobe festgestellt. Sie stammte von dem dreiundzwanzigjährigen Soldaten Achim Roemer.

Roemer war schon nach der Ermordung Biankas als potentiell Verdächtiger vernommen worden. Er wohnte in der Nähe Biankas und hatte für die Tatzeit kein Alibi gehabt. Aber man hatte ihm die Tat nicht nachweisen können.

Roemer wurde festgenommen. Anfangs war er zu keinem Geständnis bereit. Erst am dritten Tag gab er zu, Bianka und Peggy ermordet zu haben.

In der Nacht des 21. Dezember 1987 hatte er bereits vier Liter Bier getrunken, als er im Vorbeigehen sah, daß in Biankas Souterrainwohnung ein Fenster offenstand. Er stieg ein. Angeblich hatte er nur einen Diebstahl beabsichtigt. Dann hatte er im Schlafzimmer Bianka entdeckt, sie aus dem Schlaf gerissen und vergewaltigt. Bianka war eine frühere Schulkameradin von ihm. Sie hatte ihn erkannt. Er wollte sie als Zeugin ausschalten und erstach sie. Dann wischte er alle Fingerspuren ab, schloß das Fenster, nahm 160 DM aus der Handtasche der Toten, verließ die Wohnung und entledigte sich am nächsten Tag des Messers und der blutigen Kleidung.

Sein zweites Opfer, die siebzehnjährige Schülerin Peggy, war ebenfalls ein Zufallsopfer. Sechs Liter Bier hatten Roemers Sinne vernebelt. Nachts auf der Emsbrücke stieß der Betrunkene mit seinem Fahrrad an das Fahrrad der ihm entgegenkommenden Peggy. Das Mädchen machte eine abfällige Bemerkung über seinen Zustand. Er schlug sie ins Gesicht. Sie schlug zurück. Sie kämpften miteinander, fielen dabei von der Brücke in die Ems. Roemer sagte, darüber sei er so wütend geworden, daß er Peggy erstach.

Diese Darstellung der Tat dürfte bezweifelt werden, wenn man bedenkt, daß die Leiche mit nacktem Unterkörper gefunden worden war.

Im Prozeß gegen den Sexualmörder widerrief dieser sein Geständnis. Die Verteidigung bezweifelte, daß der DNA-Beweis rechtmäßig und verfassungsgemäß sei. Das Gericht erkannte ihn als zulässig an. Später schlossen sich auch andere Gerichte der rechtlichen Zulässigkeit des DNA-Beweises an.

Roemer erhielt wegen Mordes an Bianka und Totschlags an Peggy eine lebenslange Freiheitsstrafe.

II.
Shocking!

Der Tod im Abendmahlskelch

Wessen Hände reichten Papst Clemens II. den Abendmahlskelch, wenn er das Hochamt zelebrierte? Wessen Augen starrten ihn verstohlen an, wenn er den Wein trank? Wer wußte, daß der Papst mit jedem Schluck Wein dem Tod immer sicherere Wohnung in seinem Körper gab? Clemens II. starb im Jahre 1047. Legende und Historiker berichteten, der Papst sei vergiftet worden.

Es war die Zeit, als die deutschen Kaiser Italien unterwerfen wollten. Um ihre Macht zu festigen, versuchten sie, sich ihre heftigste Widersacherin, die Papstkirche, gefügig zu machen. Sie wollten solche Bischöfe als Päpste haben, die die Politik der deutschen Kaiser unterstützten.

Kaiser Heinrich III. hatte 1046 auf der Synode von Sutri drei Päpste abgesetzt. Er zwang den Italienern einen deutschen Bischof, seinen treuen Gefolgsmann Heinrich von Bamberg, als Papst Clemens II. auf. Zehn Monate später war Clemens tot.

Zwei Jahre danach setzte Heinrich III., wiederum gegen den Willen der Römer, einen ihm genehmen Bischof als Papst ein. Dieser residierte als Damasus II. nur wenige Wochen. Dann starb auch er. Und das Gerücht wollte nicht verstummen, beide deutsche Päpste seien vergiftet worden.

Mehr als neunhundert Jahre später, im Jahre 1957, wurde der Sarkophag des Papstes Clemens II., der in seiner früheren Residenz Bamberg bestattet worden war, im Dom zu Bamberg entdeckt. Historikern, Gerichtsmedizinern und Toxikologen bot sich die seltene Gelegenheit, eine geschichtliche Legende mit naturwissenschaftlichen Mitteln zu überprüfen. Natürlich war die Aussicht, die

Wahrheit der Legende festzustellen, nur gering. Seit dem Tode des Papstes war fast ein Jahrtausend vergangen. Die Toxikologen hätten keine Chance, ein organisches Gift wie Belladonna oder Opium nachzuweisen, das wäre restlos zerstört gewesen. Sollte dagegen ein metallisches Gift benutzt worden sein, Arsen beispielsweise oder Quecksilber, dann gab es unter Umständen eine geringe Hoffnung, seine Spuren zu entdecken. Zwar war bekannt, daß man bei exhumierten Toten auch noch nach langer Zeit metallische Gifte nachweisen konnte. Aber nach mehr als neunhundert Jahren?

Der steinerne Sarkophag enthielt nur noch spärliche Überreste. Die Experten stellten einige mumifizierte Gewebeteile, eine Rippe, einige Kopfhaare, mehrere Knochenreste, ein paar vermoderte Fetzen Seidenstoff und ein Stückchen Leder sicher. Das Untersuchungsmaterial war gering, aber der notwendigen Tests viele. Das aus Kriminalisten, Chemikern und Gerichtsmedizinern bestehende Team mußte rationell und systematisch vorgehen.

Die Kopfhaare waren in einer verharzten Balsamschicht eingebettet und noch relativ gut erhalten. Die Suche nach Blutfarbstoff in den mumifizierten Gewebeteilen und nach der Zellstruktur des Gewebes verliefen ergebnislos. Die Rippe erwies sich als die linke zwölfte Rippe. Für die Toxikologen war es besonders günstig, daß ihnen mit der Rippe ein Knochen zur Verfügung stand. Denn metallische Gifte, die der Körper in größerer Menge aufnimmt, werden nicht völlig ausgeschieden, sondern eingelagert, und zwar in den Geweben, hauptsächlich aber in den Knochen. Sie sind für metallische Gifte das günstigste Speicherorgan. Bei Vergifteten findet sich dort eine zwanzig- bis fünfzigfach höhere Konzentration des Giftes als in den übrigen Geweben.

Weiterhin war es vorteilhaft für die Untersuchungen, daß der Papst einbalsamiert und dafür ein Harz verwendet worden war. Die Harzstoffe bildeten eine undurchlässige Schicht. Sie verhinderte das Auswässern des Giftes, aber auch das nach dem Tode mögliche Eindringen von Gift, zum Beispiel aus dem Farbstoff von Kleidungsstücken. Allerdings enthielten die Reste des Seidengewandes und des Lederriemens keine Spuren eines metallischen Giftes.

Die Rippe und die mumifizierten Gewebeteile wurden nun mit Hilfe verschiedener chemischer und physikalischer Verfahren auf metallische Gifte untersucht. Der Marsh-Test auf Arsen, ebenso die Tests auf Quecksilber und Antimon – die häufigsten Gifte im Mittelalter – verliefen negativ. Beim Test auf Blei aber zeigte sich bereits in der spektrographischen Vorprüfung ein hoher Bleigehalt im Rippenknochen. Damit war die Einnahme von Gift bestätigt. Nun mußte die Giftmenge genauer bestimmt werden.

Die stark geschrumpfte Rippe wog nur noch zwei Gramm. Die quantitative spektrographische Untersuchung erbrachte einen Bleigehalt von insgesamt 1 Milligramm Blei. 100 Gramm lufttrockene Rippensubstanz würden 50 Milligramm Blei enthalten. Das wäre eine absolut tödliche Konzentration.

In zweihundertfacher Vergrößerung konnte durch einen neuentwickelten Schwermetallnachweis im Sulfid-Silberverfahren das Blei fotografisch im Rippenknochen sichtbar gemacht werden. Das Gift zeigte sich auf dem Bild als dunkler breiter Saum nach der Außenseite der Rippe zu. Es ist ausgeschlossen, daß eine so große Menge Blei erst nach dem Tode in den Körper gelangte. Außerdem waren Einbalsamierungsstoffe, Gewänder und Sarkophag völlig bleifrei. Deshalb stand nun mit Sicherheit fest: Clemens II. ist an einer Bleivergiftung gestorben.

Soweit die chemisch-toxikologischen und gerichtsmedizinischen Gutachten. Ob Clemens ermordet worden ist, konnten sie natürlich nicht mit völliger Sicherheit sagen. Eine unbeabsichtigte Vergiftung konnte nicht von vornherein ausgeschlossen werden. Sie wäre möglich, wenn Clemens längere Zeit Wein aus bleiernen Bechern und Speisen von bleiernen Tellern zu sich genommen hätte. Die Entscheidung also, ob Mord oder natürlicher Tod durch schleichende Vergiftung vorlagen, konnte dem medizinisch-toxikologischen Gutachten nicht entnommen werden. Dazu war es nötig, die außerhalb der naturwissenschaftlichen Untersuchung liegenden historischen und sozialen Umstände zu berücksichtigen.

Da wäre zuerst das Gift selbst, das Blei. Im römischen Altertum und im Mittelalter spielte es als Mordgift eine nicht geringe Rolle, vor allem das Bleiazetat, das wegen seines süßen Geschmacks auch »Bleizucker« genannt wurde. Da metallische Gifte, wenn sie entsprechend dosiert werden, eine schleichende Wirkung haben, konnten die fachkundigen Giftmischer, die meist in politischem Auftrag handelten, den voraussichtlichen Tod ihres Opfers bis fast auf den Tag genau berechnen. Die neun Monate zwischen der Einsetzung des Papstes und seinem Tod hätten für eine regelmäßige Gabe in unmerkbaren Mengen ausgereicht.

Das politische Tatmotiv ergab sich aus dem Machtkampf zwischen dem römischen Klerus und dem deutschen Kaiser. Gerüchte im Volk und Bemerkungen damaliger Geschichtsschreiber wären zusätzliche Verdachtsmomente, ebenso der zwei Jahre später gleichfalls überraschende Tod des Papstes Damasus II.

Dieser in der Geschichte der Toxikologie wohl einzigartige Fall zeigt, daß der Giftmord meist sehr eng mit den gesellschaftlich-sozialen Verhältnissen verflochten ist. Je geringer der medizinische und chemische Wissensstand war, desto erfolgreicher war der Mord durch Gift. Denn die besondere Wirkung des Giftes als einer unblutigen und scheinbar spurenlosen Mordwaffe erlaubte und erlaubt es, den Mord als natürlichen Tod zu tarnen. Die chronische Bleivergiftung zum Beispiel verursacht Appetitlosigkeit, Gewichtsverlust und Blutarmut. Was lag näher, als sie für eine Krankheit zu halten, die ein ähnliches Bild zeigte, für »Bleichsucht« also oder »Auszehrung«? Hinter diesen vagen Diagnosen, die sich in alten Texten und Berichten finden, verbirgt sich so mancher Giftmord. Bei keinem Verbrechen ist die Dunkelziffer so hoch wie beim Giftmord.

Ist jedoch ein scheinbar natürlicher Tod erst einmal als Vergiftung bekannt, bleibt heute dem Mörder keine Chance mehr. Die Obduktion entdeckt die Wege des Giftes im menschlichen Körper – unter Umständen selbst noch nach einem Jahrtausend.

Sein wie ein Vogel

Er wollte sein wie ein Vogel: fliegen können, überall sein und nirgends. Der Schwere enthoben, dem Wind ein Spiel, flüchtig und mächtig darum – ungreifbar.

Und es gab einen geheimen Ratschlag, ein aberwitziges Rezept: »Willst du seyn einem Vogel gleich, must du von dir werffen die Schwerniß von drei Malen drei Leben. Also wer da neun Weiber gehapt, der wird seyn wie ein Vogel.«

Als er seine sechste Frau getötet hatte, wurde ihm der mörderische Aufstieg in eine magische Existenz versperrt. Ein Arzt gebot dem Zauberer Einhalt.

Der Arzt hieß Xaver Wegartshofer, der Zauberer Bartholomäus Rainer, und das Jahr ihrer Begegnung war 1786.

Es gibt Giftmörder, die eine sozusagen klassische Größe errungen haben – was entweder ihren sozialen Rang, das Ausmaß ihrer Taten oder die Gefühllosigkeit ihres Vorgehens betrifft: die Borgias, die Brinvillier, die Anna Margaretha Zwanziger, die Marie Lafarge und die Gesche Brockmann. Meist sind es Frauen, die mit Gift morden. Der Mörder Rainer ist in der Geschichte des Giftmordes unbekannt gewesen. Um die Jahrhundertwende entdeckte der Grazer Professor Byloff seinen Namen in der Vergessenheit der Archive. Was den Giftmörder Rainer am meisten von seinesgleichen unterscheidet, ist das Motiv seiner Morde.

- Es war kein politischer Mord wie bei Clemens II.
- Es war kein Mord aus Gewinnsucht wie bei der Brinvillier.
- Es war kein Mord aus Eifersucht oder aus Haß.
- Es war ein mythologischer Mord.

Und es war zugleich der Versuch eines perfekten Verbrechens. Denn Rainer hatte sich dafür eine Methode ausgedacht, bei der sich die Heimtücke eines Giftmordes nochmals widerwärtig steigerte.

Bartholomäus Rainer war achtundsechzig Jahre alt, als seine sechste Frau am 4. Juli 1786 starb. Er lebte damals in Groß-Lobming in der Steiermark und galt als wohlhabender Bauer. Seit einiger Zeit gingen Gerüchte über diesen Mann um, der bereits fünf Ehefrauen überlebt hatte. Es hieß, er sei ein Zauberer, der sich mit geheimen Dingen beschäftige. Manche bezichtigten ihn auch böser Taten. Die Behörden sahen jedoch keinen Anlaß, dem Verdacht gegen den Großbauern nachzugehen.

Doch nach dem plötzlichen Tod seiner sechsten Frau wuchs die Unruhe unter der Bevölkerung derart, daß der Landgerichtsverwalter eingreifen mußte. Er beauftragte den Chirurgen Franz Xaver Wegartshofer, die Verstorbene zu obduzieren.

Wegartshofer befragte zunächst den Bauernarzt Heinrich Müllner, der Frau Rainer behandelt hatte, nach ihrer Krankheit. Müllners Auskunft konnte ihn nicht zufriedenstellen. Müllner sagte, er sei sich nie so recht über die Krankheit der Frau Rainer klargeworden. Sie habe häufig laxiert und Unreinigkeiten wie kleine schwarze Bröcklein gezeigt. Er habe ihr Beruhigungsmittel und Fliedertee verabreicht.

Wegartshofer ahnte Schlimmes. Die »kleinen schwarzen Bröcklein« waren ohne Zweifel Blut. Bei der Obduktion entdeckte er in der Gebärmutter der Toten ein Stück bedrucktes Papier, an dem sich noch Reste eines grauweißen Pulvers befanden.

»Das war der merkwürdigste Fund meines Lebens«, berichtete Wegartshofer. »Außerdem stellte ich fest, daß die Schleimhäute des Uterus stark entzündet waren. Hatte die mechanische Reizung durch das Fetzchen Papier die Entzündung verursacht oder das Pulver sie hervorgerufen? Was aber war das für eine Substanz, und wie war sie in die Gebärmutter gelangt?«

Wegartshofers Verdacht ging bereits in eine bestimmte Richtung. Zur Sicherheit zog er zwei weitere Gutachter hinzu. Er bat den Kreisarzt und den Landschaftsapotheker, die am Papier haftenden Klümpchen zu analysieren.

Die Analyse bestätigte seine Vermutung: Das Pulver war weißes Arsenik. »Wir fanden«, so heißt es im Protokoll, »nach trockener Waage eine Menge von elf Gran.« Das entspricht etwa einem reichlichen halben Gramm und ist eine tödliche Menge.

Deshalb kamen die Gutachter zu folgendem Schluß: »Dieses arsenicum hat in der äußerst empfindsamen Gebärmutter der Inquisentin alle Zuckungen, Krämpfungen und Convulsionen erregt und immer vermehrt, worauf der schnelle Tod des so vergifteten Weibes notwendig erfolgt ist.«

Rainer wurde verhaftet. Er hatte geglaubt, unantastbar zu sein. Und ebenso sicher war er gewesen, niemand könne entdecken, wie raffiniert er seine Morde begangen hatte. Wer sich so sicher fühlte wie er und plötzlich all seine vermeintliche Klugheit als Irrtum begreift, hat meist nicht mehr viel Widerstandskraft. Er gestand, seine letzte und vier seiner früheren Frauen ermordet zu haben. Allmählich rang er sich auch dazu durch, die Einzelheiten seiner Verbrechen zu gestehen. Die Geschichte eines zwiespältigen Lebens enthüllte sich. Hinter altväterlicher Wohlanständigkeit versteckte sich Machtgier. Er sah den Mord als sein selbstverständliches Recht an, denn er glaubte sich zu Außerordentlichem, Übermenschlichem berufen.

Mit zwanzig Jahren hatte er zum ersten Mal geheiratet. Nachdem ihm seine Frau das elfte Kind geboren hatte, entschloß er sich, sie zu töten. Sie lag noch im Wochenbett, als er ihr Arsenik in die Suppe streute. Sie bekam Kolik und Erbrechen. Der Tod einer Wöchnerin war damals zu alltäglich, um Mißtrauen zu erregen. Außerdem hatte Rainer keinen Arzt hinzugezogen.

Noch im selben Jahr heiratete er wieder. Wenige Tage nach der Geburt eines Kindes vergiftete er auch seine zweite Frau. Ob er auch die dritte umgebracht hat, läßt sich aus den Akten nicht mehr ersehen. Rainer behauptete, sie sei eines natürlichen Todes gestorben. Um seine vierte Frau zu töten, wartete er einen ihm günstig erscheinenden Zeitpunkt ab. Die Frau wurde eines Tages krank und bekam Fieber. Rainer ließ den Wundarzt kommen, der ihr eine Arznei in Pulverform verschrieb. Rainer mischte Arsenik in das Medikament. Nach zwei Tagen war seine Frau tot. Bereits wenige Monate später schloß Rainer zum fünften Male die Ehe und bereitete seinen vierten Mord vor. Es sieht so aus, als heiratete er jetzt nur noch, um morden zu können. Er war nicht mehr so geduldig wie bisher, wartete nicht mehr jahrelang, um günstige Umstände zu finden. Bereits im folgenden Jahr mußte seine fünfte Frau sterben.

Damals kamen ihm wahrscheinlich erste Bedenken, ob die Dorfbewohner den plötzlichen Tod seiner Frauen weiterhin ohne Mißtrauen zur Kenntnis nehmen würden. Wie sollte er dann den Serienmord weiterführen? Noch mußte er vier Frauen töten. Vom Giftmord wollte er nicht abgehen, den hatte er bisher mit gutem Erfolg praktiziert. Aber seine Furcht ging in eine andere Richtung. Angenommen, der Verdacht gegen ihn würde wachsen und zu einer Untersuchung des nächsten Opfers führen – würde man dann nicht unweigerlich das Arsenik finden? Natürlich nur dann, dachte Rainer, wenn es noch im Magen des Opfers war. Wo sonst als im Magen würden es die Ärzte suchen? Also mußte das Gift auf einem anderen Weg in den Körper der Frau gelangen. Er verpackte das Arsenik in Papier, umwickelte es mit einem Faden und stieß es eines Nachts während des Geschlechtsverkehrs mit dem Penis tief in die Vagina hinein. Am nächsten Tag reiste seine Frau, wie schon seit langem festgelegt, zu einem Besuch ihrer Eltern. Dort erkrankte sie, wurde mehrmals ohnmächtig und starb zwei Tage später unter heftigen Krämpfen.

Der Totenfrau fielen schwärzliche Verfärbungen am Unterleib der Toten auf. Sie rief einen Bader und fragte ihn um Rat. Aber der meinte, die Frau sei am »Brand« gestorben, da hätten die Flecken nichts zu bedeuten.

Wenige Wochen nach der Beerdigung heiratete Rainer erneut und tötete seine sechste Frau auf die gleiche Weise.

Das war sein letzter Mord. Der »Zauberer«, der sich seit Jahren seine Fingernägel nicht mehr beschnitten hatte, damit sie sich einrollten wie die Krallen eines Falken, der neun Frauen überleben wollte, um zu werden wie ein Vogel, war zur Strecke gebracht.

Jahrtausendelang wurden zu Giftmorden vorwiegend metallische Gifte wie Blei und Arsenik benutzt, und bis weit ins 19. Jahrhundert hinein stand in der Statistik der Giftmorde Arsenik an erster Stelle. Es ist geruchs- und geschmacklos und begünstigt daher die unbemerkte Gabe. In der Regel wirkt es nicht sofort, sondern erst nach Stunden oder sogar Tagen. Hohe Mengen allerdings führen rasch zum Tod. Das Zentralnervensystem wird gelähmt, Krämpfe, Kollaps, Atemstillstand sind die Folge. Diese Symptome können auch bei epidemischen Krankheiten auftreten, bei der Cholera beispielsweise. Deshalb wurde früher die Arsenikvergiftung so manches Mal mit ihr verwechselt. Solange der chemische Giftnachweis für Arsenik unbekannt war, ließen sich nur selten direkte Beweise für eine Vergiftung finden.

Arsen wurde aber nicht nur als Mordgift verwendet. Es hat auch schwere und tödliche Unfälle hervorgerufen, die zuweilen zu falschem Mordverdacht führten.

Im Jahre 1912 wurde ein Mann in eine Berliner Klinik eingeliefert, der an einer Darmerkrankung zu leiden schien. Er hatte starke Durchfälle. Deshalb vermuteten die Ärzte eine epidemische Erkrankung. Der zweiunddreißigjährige Patient war bereits sehr abgemagert. Bei der Untersuchung wurde nicht nur ein schwerer Darmkatarrh, sondern auch noch eine Anämie festgestellt. Im Laufe von zwei Wochen besserte sich der Zustand des Kranken jedoch so, daß er wieder nach Hause entlassen werden konnte. Wenige Tage später mußte er erneut in der Klinik aufgenommen werden, weil ein schwerer Rückfall eingetreten war.

Innerhalb von zehn Tagen erholte sich der Patient abermals und verließ die Klinik. Kaum zu Hause, traten dieselben Krankheitserscheinungen wieder mit solcher Heftigkeit auf, daß Professor L. Kuttner, der den Patienten seit Beginn beobachtet hatte, den Kranken in ein Spezialsanatorium einwies. Wiederum besserte sich dort sein Zustand, wiederum verschlechterte er sich zu Hause.

Kuttner forschte nach, ob die Ursache der Krankheit in der Wohnung des Patienten zu finden sei. Wirkte sich irgend etwas in der Wohnung schädlich auf das Verdauungssystem aus? Kuttner ließ auch die Tapeten untersuchen. Sie erwiesen sich als stark arsenhaltig.

Damals sprach man häufig von solchen »Todeszimmern«. Viele Arbeiterwohnungen waren feucht und modrig. Die Chemieindustrie benutzte Arsen für die Farbenherstellung. Vermengt man das damals häufig verwendete »Schweinfurter Grün« mit Tapetenkleister, so entwickelt diese Mischung in feuchten Räumen unter Mitwirkung bestimmter Schimmelpilze eine gasförmige Arsenverbindung. Das Einatmen flüchtigen Arsenwasserstoffs führt infolge Blutkörperchenzerfalls zum Tode. Wie oft mag damals dieser Tod durch die Verlegenheitsdiagnose »Blutarmut« und »Bleichsucht« kaschiert worden sein.

Der Berichterstatter aus dem Jahre 1913 ließ keinen Zweifel, worin er die Ursache vieler solcher Todeszimmer-Fälle sah. Er verwies darauf, daß die chemische Industrie trotz des 1887 erlassenen Verbotes sowohl bei der Herstellung von Gebrauchsgegenständen, Farben und Schädlingsbekämpfungsmitteln als auch bei der Produktion von Nahrungsmitteln weiterhin Gifte verwendete. Und Professor Kuttner schrieb aus seiner medizinischen Sicht, »daß viele rätselhafte Erkrankungen ... auf das Gift zurückzuführen sind, während der Patient und der behandelnde Arzt die auftretenden Symptome nach anderen Richtungen hin bewerten und im dunkeln tappen.«

Halsschnitt

Vielleicht wäre der dubiose Tod der siebzehnjährigen Henriette Wolf rascher und sicherer aufgeklärt worden, hätte der Winter früher seinen Einzug in den Thüringer Wald gehalten als damals im Jahre 1868. Spuren im Schnee hätten das Geheimnis dieses Todes vielleicht überzeugender aufgedeckt als ein heftig umstrittener Sensationsprozeß.

Am 27. November hatte der Schäfer Witzmann in der Nähe des Dorfes Crawinkel in einem Waldstück an der Böschung eines Hohlweges die Leiche eines jungen Mädchens entdeckt. Ihr Hals war durchschnitten. Der Schäfer benachrichtigte den Gemeindevorsteher, der den Amtsarzt informierte.

Es war schon Nacht, als der Arzt eintraf. Beim Schein der Stallaterne besichtigte er die Tote, die inzwischen identifiziert worden war. Sie hieß Henriette Wolf und war die Tochter des Fuhrmanns Johann Georg Wolf aus Crawinkel.

Der Arzt fand Henriette auf dem Rücken liegend. Friedlich, mit entspannten Gesichtszügen, als ob sie schliefe, lag sie auf der Erde, den linken Arm eng am Körper, den rechten leicht angewinkelt auf der Brust. In der Hand befand sich ein aufgeklapptes Rasiermesser. Neben der Toten hatte sich eine Blutlache ausgebreitet. Der Amtsarzt betrachtete das Rasiermesser und entdeckte Blut an der Klinge. Er schaute sich auf dem Boden um. Die Walderde war nicht aufgewühlt, es gab keine Anzeichen einer Gewalttat oder eines vorangegangenen Kampfes.

Auch fehlten an der Leiche jene Abwehrverletzungen, die bei der Verteidigung gegen einen mit einem Messer bewaffneten Angreifer entstehen. Der Arzt schloß daraus, das Mädchen habe Selbstmord begangen. Er stellte den Totenschein aus und gab die Leiche zur Bestattung frei.

Inzwischen hatten auch die Eltern vom Tod ihrer Tochter erfahren. Die Familie Wolf galt als ordentlich, Henriette hatte sich mit Eltern und Geschwistern gut verstanden. Vor zwei Tagen war sie nach Ohrdruf gegangen, um einen Wundarzt aufzusuchen. Dort war sie nicht erschienen, aber auch nicht nach Hause zurückgekehrt. Der Vater hatte sie vergeblich gesucht. Den Eltern war der Selbstmord ihrer Tochter unbegreiflich.

Auch der Schäfer Witzmann bezweifelte, daß sich Henriette selbst getötet hatte. Er informierte das Kreisgericht von seinem Fund und seinen Zweifeln. Das Gericht beschloß, den Fall näher zu untersuchen. Eine Untersuchungskommission machte sich nach Crawinkel auf. Aber die Vernehmungen schienen die Selbstmordtheorie des Amtsarztes bald zu verstärken. Auch die Eltern Henriettes schienen jetzt von einem Selbstmord überzeugt zu sein.

Denn sie hatten ein an sie gerichtetes Briefchen gefunden, das der Toten aus der Kleidung oder der Tasche gefallen war, als man sie daheim vom Wagen hob. Der Brief war versiegelt gewesen. Es zeigten sich Blutflecke und blutige Fingerabdrücke darauf. Der Brief enthielt nur wenige Worte: »Lieber Vater, ich bin schwanger, anders kann ich mir nicht helfen. Henriette.«

War das Mädchen aus Angst vor Schande in den Tod gegangen? Der Vater bestätigte, die Schrift stamme bestimmt von seiner Tochter. Das in der Hand der Toten gefundene Rasiermesser gehöre ihm.

Die Untersuchungskommission bestätigte die Diagnose des Amtsarztes und hielt den Fall für abgeschlossen. Aber dem Staatsanwalt war aufgefallen, daß es auf der Außenseite des Abschiedsbriefes keine Blutspuren gab, nur innen. Da der Brief aber versiegelt aufgefunden worden war, konnte das nur bedeuten, daß er erst nach der tödlichen Verletzung versiegelt worden sein konnte. War ein Mensch in einem solchen Zustand, den Hals bis auf die Wirbelsäule durchtrennt, zu einer solchen Handlung überhaupt noch fähig? Bedenklich stimmte den Staatsanwalt auch das Tatwerkzeug, das Rasiermesser. Es war schartig, und der Staatsanwalt bezweifelte, daß sich das Mädchen mit einem so stumpfen Messer diese furchtbare Verletzung hätte beibringen können. Ebenso absonderlich erschien auch die ruhige und friedliche Haltung der Leiche und die Lage des rechten Arms, der auf der Brust geruht hatte. Er hätte, dem Gesetz der Schwere folgend, ebenso wie der linke Arm heruntersinken müssen. Diese Zweifel veranlaßten den Staatsanwalt, den Fall erneut zu untersuchen.

Henriette war inzwischen beerdigt worden. Der Staatsanwalt ordnete eine Exhumierung an. Dabei sollte auch ihre angebliche Schwangerschaft überprüft werden.

Bei der Obduktion erwies sich, daß sich Henriette im fünften Monat der Schwangerschaft befunden hatte. Aber während die gerichtliche Kommission daraus geschlußfolgert hatte, Henriette habe sich aus Angst vor Schande umgebracht, sah der Staatsanwalt darin ein ganz anderes Motiv begründet. Möglicherweise habe der

Kindesvater Henriette getötet, weil er fürchten mußte, daß ihre uneheliche Schwangerschaft bekannt werden und ihm schaden würde. Also begann die Staatsanwaltschaft nach dem Mann zu suchen, der Henriette geschwängert hatte.

Weder Eltern noch Nachbarn konnten darüber Auskunft geben. Wäre es ein Mann aus der nächsten Umgebung der Toten gewesen, so hätte ein solches Liebesverhältnis in dem kleinen Dorf kaum verborgen bleiben können. Deshalb mußte der Mann außerhalb des Dorfes gesucht werden. Da die Eltern die volle Kontrolle über Weggang und Fernbleiben ihrer Tochter besaßen und Henriette nie allein ausging, konnte der gesuchte Mann auch kein Liebhaber sein, mit dem sich Henriette heimlich traf. So stieß die Staatsanwaltschaft sehr bald auf einen Mann, den Henriette in letzter Zeit mehrmals aufgesucht hatte: den Barbier und Wundarzt Kühn in Ohrdruf. Seit dem Frühjahr hatte Kühn Henriette wegen eines schmerzhaften Fingergeschwürs behandelt. Kühn galt als geschickter »Chirurgus« und besaß eine ausgedehnte Praxis. Es gab Leute, die Kühn mehrmals mit Henriette in einem Lokal gesehen haben wollten. Kühn war mehrmals vorbestraft. Besonders verdächtig erschien es dem Staatsanwalt, daß Henriette am Tag ihres Todes gesagt hatte, sie wolle nach Ohrdruf zu Kühn gehen, daß sie aber dort nicht erschienen war. Kühns Alibi für die Zeit des mutmaßlichen Todes von Henriette war lückenhaft. Bei einer Hausdurchsuchung fand man Papier, das dem Papier des Abschiedsbriefes glich, und den gleichen Siegellack, mit dem der Brief verschlossen worden war. Auch eine blutbespritzte Blendlaterne wurde gefunden. Kühn erklärte, er habe die Laterne beim Aderlassen benutzt. Seine Schwiegermutter, der die Laterne gehörte, widersprach Kühns Behauptung. Die Gleichheit des Siegellacks erklärte Kühn damit, daß er Henriette ein Stück davon geschenkt habe.

Kühn wurde verhaftet. Medizinalrat Dr. Bohlen aus Gotha, der die Obduktion vorgenommen hatte, gab zu Protokoll, daß die Halsschnittwunde unterhalb des linken Ohres begann, sich dann nach rechts unten erstreckte, waagerecht über den Kehlkopf verlief und dann mit einer Biegung nach rechts oben endete. Halsschlagadern und Halsvenen, die Muskulatur, die Speiseröhre und der Kehlkopf waren glatt durchtrennt. Neben der tödlichen Wunde, parallel zu ihr laufend, lagen einige oberflächliche Schnitte.

Dr. Bohlen und zwei weitere Sachverständige hielten einen Selbstmord für ausgeschlossen. Sie stützten ihre Ansicht vor allem auf drei Symptome: auf die Tiefe der Wunde, auf die Schnittrichtung und auf die Beschaffenheit des Tatwerkzeuges. Sie waren der Meinung, daß es einer wilden Entschlossenheit bedürfe, sich eine solche Wunde selbst beizubringen. Das schüchterne, ängstliche Wesen des Mädchens schließe eine solche Energie aus. Zweitens waren die Sachverständigen der Meinung, daß der Verlauf der Wunde für einen Mord spreche. Bei einem Selbstmörder verlaufe die Wunde in der Regel von oben nach unten, hier aber ende sie in einer Aufwärtsbewegung. Drittens hielten sie das stumpfe schartige Rasiermesser für ungeeignet, einen solchen Schnitt durchzuführen. Zur Tat müsse ein anderes Messer benutzt worden sein. Da ein solches aber nicht am Tatort gefunden worden war, sei dies ein weiteres Indiz für Mord.

So verdichteten sich rasch die Beweise gegen den einzigen Mann, mit dem Henriette in letzter Zeit Kontakt gehabt hatte. Inzwischen hatte sich auch herausgestellt, daß Kühn mit einigen seiner Patientinnen sexuell verkehrte.

Noch aber blieb eine Frage unbeantwortet: Wie war die abnorm ruhige Haltung der Toten zu erklären? Niemand konnte sich vorstellen, daß sich ein Selbstmörder – nachdem er sich den Hals bis auf die Wirbelsäule durchgeschnitten hatte – ruhig hinlegen und den Tod abwarten würde. Wahrscheinlich war es, daß der Mörder ihr diese Haltung gegeben hatte. Aber selbst dann blieb immer noch unverständlich, warum sich Henriette nicht gegen ihren Mörder gewehrt hatte. Der tödliche Halsschnitt war keineswegs überraschend gekommen, denn neben ihm befanden sich einige andere, wenn auch oberflächliche Schnitte.

Diesen widerspruchsvollen Tatbestand versuchten die medizinischen Sachverständigen durch eine einleuchtende Hypothese zu erklären. Sie meinten, Henriette müsse vor ihrer Ermordung betäubt worden sein. Danach wäre es dem Mörder ein leichtes gewesen, ihr den tödlichen Schnitt beizubringen. Die Polizei hatte bei der Hausdurchsuchung Chloroform gefunden. Kühn benutzte es bei seinen Operationen.

Auch noch andere Ungereimtheiten schienen sich allmählich aufzuklären. So war die Frage entstanden, warum Henriette Wolf das stumpfe Rasiermesser ihres Vaters an sich nahm, als sie am Tag ihres Todes Kühn aufsuchen wollte. Und warum sie einen kleinen Bohrer in der Rocktasche hatte und ein Stück zusammengewickelte Leinwand, in der sich einige blonde Haare befanden. Das wurde damit erklärt, daß Henriette mit diesen Dingen eine sogenannte sympathetische Kur gegen ihre Schwangerschaft durchführen wollte. Zu diesem Zweck habe sie sich mit Kühn im Wald getroffen.

Sympathetische Kuren waren in jener Zeit noch weit verbreitet. Kurpfuscher und »weise« Frauen benutzten die Unwissenheit ihrer Opfer, um sie mit Hilfe wirkungsloser und oft ekelhafter Prozeduren auszuplündern. Die Quacksalber nutzten den Aberglauben, man könne eine Krankheit oder ein anderes Übel auf tote Dinge oder Tiere übertragen. Dann würden diese die Gebresten »mitnehmen« und den Menschen davon befreien. Professor Herold erinnerte sich, daß noch in den 20er Jahren unseres Jahrhunderts im Vogtland ein Vogelkäfig mit einem Kreuzschnabel neben das Bett eines Kranken gestellt wurde, damit die Krankheit auf den Vogel übergehe. Schien sie unheilbar, wurde der Vogel getötet. Er sollte die Krankheit mit in sein Grab nehmen.

Im Fall der Henriette Wolf hatte das Gericht herausgefunden, daß in der Ohrdrufer Gegend der Glaube bestand, man könne eine Schwangerschaft dadurch beseitigen, daß man ein Loch in die Erde bohre und darin einige Haare versenke, die vom Vater des unerwünschten Kindes stammten. Die Haare, die Henriette in ihrem Leinwandpäckchen aufbewahrte, waren den Haaren Kühns ähnlich. Damit war erklärt, warum das Mädchen den Bohrer und das Rasiermesser, mit dem die Haare abgeschnitten worden sein mußten, bei sich gehabt hatte. Auch die Anfertigung des Briefes wurde nun verständlich. Bei sympathetischen Kuren mußte oft ein geheimnisvoller Text auf einen Zettel geschrieben werden, der dann auf dem Körper getragen oder ebenfalls vergraben wurde.

Allerdings war der Text alles weniger als geheimnisvoll, was jedoch der Hypothese von der sympathetischen Kur keinen Abbruch tat.

Neben diesen mehr oder weniger überzeugenden Indizien bildete jedoch die Ansicht der Mediziner den stärksten Beweis für die Mordtheorie, nämlich daß sich Henriette die tödliche Wunde mit dem bei ihr gefundenen Messer nicht selbst beigebracht haben konnte.

Der Prozeß gegen Kühn zog sich lange hin, Kühns Verteidiger griffen die medizinischen Gutachten an. Sie verwiesen auf einige Meinungsverschiedenheiten der Ärzte untereinander und auf den fehlenden Beweis, daß Chloroform zur Betäubung benutzt worden war. Das Gericht stützte sich auf die medizinischen Gutachten und die anderen Indizien und verurteilte Kühn zum Tode. In der herzoglichen Kanzlei trafen zu gleicher Zeit das Todesurteil zur Bestätigung und das Gnadengesuch Kühns ein.

Jetzt gewann der Fall Kühn eine Bedeutung, die über die Grenzen des Herzogtums Coburg-Gotha hinausging. In diesem Jahr nämlich sollte der Norddeutsche Bund, der unter Führung Preußens stand, ein gemeinsames Strafgesetzbuch erhalten. Die Debatten im Reichstag entzündeten sich dabei besonders an der Frage, ob die Todesstrafe noch berechtigt sei. Die Liberalen forderten, die Todesstrafe abzuschaffen, während die Konservativen die Todesstrafe beibehalten wollten. Dabei spielte die Erinnerung an die Revolution von 1848/49 eine Rolle. Damals hatten die republikanischen Verfassungen die Todesstrafe abgeschafft. Nach dem Sieg der Konterrevolution führten die Fürsten die Todesstrafe wieder ein. Sie sahen in ihr nicht nur das äußerste juristische, sondern auch politische Machtmittel, die bestehenden Zustände zu erhalten.

Die Entscheidung des Herzogs von Coburg-Gotha im Fall Kühn bekam also eine symptomatische Bedeutung. Sie würde zu einem

Präzedenzfall werden. Der Herzog war nicht gewillt, sich dem Druck der liberalen Opposition und der Öffentlichkeit zu beugen. Die Konservativen erkannten, wie gut sich der mysteriöse Tod der Henriette Wolf dazu eignete, die Opposition zu diskreditieren. Die Opposition sah sich in einer schwierigen Lage. Die Todesstrafe allgemein abzulehnen hieße, auch im aktuellen Fall des Chirurgus Kühn auf die Hinrichtung zu verzichten. Der Herzog, dem das Recht zur Begnadigung zustand, sicherte sich juristisch ab und überließ die Entscheidung dem Eisenacher Appellationsgericht. Dieses erklärte, wolle der Herzog Kühn begnadigen, so »müsse das einer völligen Aufhebung des Gesetzes über die Todesstrafe gleichkommen« – jenes Gesetzes also, das der Herzog nach der Revolution wieder eingeführt hatte. So bestätigte der Herzog im Januar 1870 das Urteil, das am 18. Februar durch das Fallbeil vollzogen wurde.

War Kühn tatsächlich Henriette Wolfs Mörder?

Sieht man den Fall mit den Augen der Kriminalistik und vom damaligen Stand der gerichtlichen Medizin, läßt sich die Frage nur bejahen. Viele Indizien sprachen gegen Kühn. Aber einige der Indizien schlügen in ihr Gegenteil um, ginge man von der Hypothese eines Selbstmordes aus.

Zum Beispiel deuteten die Blutflecke, die sich innen im Abschiedsbrief befanden, nach Meinung des Staatsanwaltes auf die Anwesenheit des Mörders, da Henriette nach einer solchen Verwundung nicht selbst den Brief versiegelt haben konnte. Nun waren jedoch neben dem tödlichen Schnitt auch noch andere Schnittwunden festgestellt worden. Manche Selbstmörder führen vor dem eigentlichen tödlichen Schnitt sogenannte Probierschnitte aus. Das könnte auch Henriette getan, danach mit schon blutigen Händen den Brief verschlossen und dann erst den tödlichen Schnitt vollzogen haben. Überhaupt läßt sich die kategorische Behauptung der damaligen medizinischen Gutachter, Henriette könne sich den Schnitt nicht selbst beigebracht haben, nach modernen Erkenntnissen nicht aufrechterhalten. Professor Otto Prokop weist darauf hin, daß auch Selbstmörder »nach mitunter erst oberflächlichen Schnitten … bis auf die Wirbelsäule durchschneiden können«. Gerade die oberflächlichen und parallel verlaufenden Wunden am Hals und die fehlenden Abwehrverletzungen lassen die Möglichkeit eines Selbstmordes offen. Auch die Schnittrichtung ist nach heutiger Erkenntnis kein eindeutiges Indiz für oder gegen einen Selbstmord. So bleibt auch heute noch, mehr als ein Jahrhundert später, der Fall Henriette Wolf ein dubioser, ein unklarer Fall.

Tod aus dem Erbsentopf

Eine der ungewöhnlichsten Kohlenoxidvergiftungen ereignete sich 1955 in Lübeck.

Ein fast achtzigjähriges Ehepaar wurde tot in seiner Wohnung aufgefunden. Die Leiche des Mannes lag in der Küche vor dem Gasherd, die der Frau im Schlafzimmer nebenan. Die Tür war weit geöffnet.

Anzeichen für ein Tötungsverbrechen gab es nicht. Die hellrote Färbung der Totenflecke deutete auf eine Kohlenoxidvergiftung hin. Deshalb untersuchte die Kriminalpolizei zuerst den Gasherd in der Küche, zumal die beiden Flammen noch gebrannt hatten, als die Hausbewohner die Toten entdeckten.

Gasfachleute stellten jedoch fest, daß weder die Gasleitung noch die Brenner undicht waren. Daraufhin untersuchten sie, ob etwa die Töpfe zu dicht über den Flammen gestanden und eine vollständige Verbrennung des Leuchtgases verhindert hätten. Aber die Experimente ergaben keine Störung des Verbrennungsvorganges.

Schließlich untersuchte man die beiden Gefäße selbst. Das eine, ein Teekessel, hatte nur Wasser enthalten. Der Boden des anderen, ein Kochtopf, war mit einer verkohlten Masse bedeckt. Ein Chemiker stellte fest, daß es sich dabei um verteerte Erbsen handelte.

Der alte Mann hatte also im Kochtopf die Erbsen mit Wasser auf die Flamme des Gasherdes gesetzt. Während sie kochten, hatte er sich wahrscheinlich auf dem Sofa in der Küche ausgeruht und war dabei eingeschlafen. Nachdem das Wasser im Topf verkocht war, begannen die Erbsen zu verkoken. Der Topfdeckel zeigte starke Teerspuren. Durch den nicht völlig geschlossenen Topfdeckel strömte mit den Rauchschwaden zugleich Kohlenoxid aus und verbreitete sich in der Küche und im angrenzenden Schlafzimmer.

Diese Vermutung wurde dann experimentell bestätigt. Es heißt in dem Bericht: »Sehr bemerkenswert war bei diesem Versuch die Feststellung, daß die Zersetzung innerhalb ganz kurzer Zeit erfolgt, so daß die Verschwelungsschwaden eine erhebliche CO-Konzentration aufweisen. Nach vollständiger Verkokung läßt die CO-Bildung wieder nach. Eine eigentliche Veraschung ist weder bei dem Versuch noch bei dem Unglücksfall aufgetreten. Es handelt sich um eine echte Verschwelung, worauf auch die starke Teerbildung an der Innenfläche des Topfdeckels hinweist. Die bei dem Unfall verkokten vermutlich 400 Gramm Erbsen können eine CO-Menge von 38 Litern erzeugt haben.«

Gerade bei Kohlenoxidvergiftungen ist die Zahl unaufgeklärter Fälle besonders hoch, bemerkt Medizinalrat Dr. Weimann. Die Grenzen zwischen Unfall, Selbstmord und Tötung durch fremde Hand sind oft verwischt.

Der Stricknadel-Fall

Das ist eine alte Geschichte. Und ein schauriger Fall, unglaublich fast. Eine Mutter ermordet auf grausamste Weise ihr Kind, niemand weiß, warum. Dieses Verbrechen entzieht sich jeder rationalen Erklärung.

Antonia Civetta wurde 1888 in Venezien geboren. Als sie achtzehn Jahre alt war, suchte sie sich in Deutschland Arbeit und wurde Spinnerin in einer Baumwollfabrik. Dort lernte sie unter den

Arbeitern einen Landsmann kennen. Ein Jahr später gebar sie ihm eine Tochter, die sie Franceschina nannte. Wiederum ein Jahr danach heiratete Antonia, jedoch nicht den Vater des Kindes, sondern den Venezianer Luigi. Dieser erkannte Franceschina als sein eigenes Kind an.

Kurz nach der Heirat zog die Familie in die Schweiz, nach Basel. Antonia gebar dort zwei weitere Kinder. Um ihre Arbeit nicht aufgeben zu müssen, brachte sie Franceschina nach Italien zu ihren Schwiegereltern, mußte aber auf deren Drängen im Mai 1910 das Mädchen wieder zu sich nehmen. Von da an wuchs die äußere und innere Unordnung dieser Familie. Antonia war der schweren Fabrikarbeit und dem Haushalt nicht gewachsen. Sie war nicht fähig, Wohnung und Kinder sauberzuhalten. Die Kinder schienen ihr gleichgültig, sogar eine Last zu sein. Sie entfloh der Misere und begann, sich mit anderen Männer abzugeben. Es kam immer häufiger zu Streit mit ihrem Mann. Mehrmals drohte sie ihm, sie werde ihn mit seinen beiden Kindern allein lassen und nach Frankreich gehen. Von Franceschina war dabei nie die Rede.

Am 23. Juni holte Antonia einen Arzt zu der nun dreijährigen Franceschina. Als der Doktor kam, lag das Kind im Bett. Es weinte und wimmerte und preßte seine Hände auf den Leib. Der Arzt war sich über die Krankheit nicht im klaren. Bei der Untersuchung stellte er fest, daß das Mädchen aus der Scheide blutete. Als der Stiefvater abends heimkam, sah er, daß Franceschina auch Blut erbrach.

Hausbewohner besuchten das Kind. Sie bemerkten, daß es Schaum vor dem Mund hatte und von Krämpfen geschüttelt wurde. Am nächsten Morgen kam der Arzt wieder. Er war bestürzt, daß sich Franceschinas Zustand rapide verschlechtert hatte. Sie war bereits ohne Bewußtsein. Er ließ das Kind sofort in eine Kinderklinik bringen. Dort verstarb es einen Tag später.

Franceschina war wegen Verdachts auf Lungenentzündung eingeliefert worden. Doch mit dieser Diagnose paßte das Krankheitsbild nicht zusammen. Deshalb nahm der Erste Assistent des Pathologischen Instituts der Kinderklinik eine Obduktion vor. Er fand in Herz, Magen, Leber und Milz zahlreiche Stichverletzungen. Der Institutsdirektor und ein Gerichtsmediziner bestätigten die Feststellungen des Assistenzarztes. Der Gerichtsmediziner benachrichtigte das Polizeidepartement. Er wies darauf hin, daß das Kind vorsätzlich mit einer Nadel getötet worden sein müsse. Die Polizeibehörde ordnete eine sogenannte Große Wundschau an, die vom Gerichtsarzt und drei Professoren der Medizinischen Fakultät vorzunehmen war.

Die Große Wundschau erbrachte u. a.: »Die Leiche weist eine große Anzahl feiner Stichwunden der Brustwand, des Herzens, der Leber, des Darms und der Scheide auf. Sie haben durch Verletzung der rechten Lunge und konsekutive Luftansammlung im rechten Brustfellsack den Tod herbeigeführt.

Die Stichverletzungen zeigten sämtlich vitale Reaktion. Sie sind somit zweifellos während des Lebens beigebracht worden und können wohl drei bis vier Tage vor dem Tode entstanden sein. Sie sind zurückzuführen auf das vielfache Eindringen eines feinen, relativ langen, nadelförmigen Werkzeuges. Im Körper hat sich ein solches nicht befunden; es muß also wieder herausgezogen worden sein. Auch Röntgendurchleuchtung hat nirgends ein solches nachweisen lassen. Die Stichverletzungen müssen von außen her erzeugt worden sein. Der Befund weist also auf absichtliche, durch Einstechen feiner Werkzeuge bewirkte Tötung hin.«

Obwohl die gerichtsmedizinische Untersuchung einen Mord bejahte, konnten sich die Obduzenten nicht erklären, auf welche Weise dem Kind die Stichverletzungen beigebracht worden waren. Es gab keine Einstichstellen in der Körperhaut. Das erklärten sie damit, daß sich die Haut über den Einstichstellen wieder geschlossen haben könnte.

Die Polizei nahm eine Haussuchung vor. Dabei wurden Blutflecke auf der Diele entdeckt. Man fand auch eine Menge langer Nadeln, darunter mehrere Stricknadeln. Mutter und Stiefvater leugneten, dem Kind Stichverletzungen zugefügt zu haben.

Der Stiefvater schied bald als tatverdächtig aus, während sich der Verdacht gegen die Mutter verstärkte. Um bei der Vernehmung der Verdächtigen handfeste Beweise zu haben, bat der Untersuchungsrichter die Große Wundschau um genauere Angaben über Art und Richtung der Stichverletzungen.

Die Große Wundschau fertigte einen zusätzlichen Bericht an. Daraus ging hervor, daß sie insgesamt 72 Stichwunden festgestellt hatte, im Herzen allein 4, in der Leber 22. Die Richtung der Stichkanäle deutete darauf hin, daß viele von einem einzigen Punkt aus geführt worden sein mußten. Die bei der Haussuchung gefundenen Nadeln könnten durchaus das Tatwerkzeug gewesen sein.

Was aber selbst die Kommission von vier medizinischen Spezialisten nicht erklären konnte, nämlich auf welche Weise die Stiche ausgeführt worden waren, gab schließlich Franceschinas Mutter nach wochenlangen zermürbenden Verhören zu Protokoll. Sie hatte sich am Morgen des 23. Juni entschlossen, Franceschina zu töten. Warum, blieb in allen Vernehmungen unklar. Einmal behauptete sie, sie habe nach Frankreich gehen wollen, dabei wäre ihr das Kind hinderlich gewesen. Dann wieder erklärte sie, sie habe sich selbst das Leben nehmen und zuvor Franceschina töten wollen, aus Mitleid, um sie nicht beim Stiefvater zurückzulassen.

Antonia gestand, sie habe eine Stricknadel spitz zugeschliffen, sie dem Mädchen durch die Scheide in das Körperinnere eingeführt, bis hinauf ins Herz gestochen und auf diese Weise die vielen Stiche auch in andere Organe zustandegebracht.

Der zeitgenössische Bericht sagte nichts darüber aus, welche Strafe Antonia erhielt.

Auffällig ist, daß zu Anfang des Jahrhunderts Kindesmord sehr mild beurteilt wurde. Obwohl 1912 besondere Schutzbestimmungen für Kinder in das Deutsche Strafgesetzbuch aufgenommen wurden, kamen die Schuldigen immer wieder mit niedrigen Gefängnisstrafen davon – bei tödlicher Kindesmißhandlung oft mit ein bis zwei Jahren Gefängnisstrafe, manchmal auch nur mit wenigen Monaten Freiheitsentzug. Die damalige bürgerliche Gesellschaft zeigte sich trotz entsprechender gesetzlicher Bestimmungen wenig am Schicksal ihrer Kinder interessiert, zumal diese Kinder oft zu Proletarierfamilien gehörten, die dem Druck der harten Lebensbedingungen unterlagen und ins Asoziale abglitten.

Auch das damals ungelöste Problem des unehelichen Kindes, dem ebenso wie seiner Mutter die gesellschaftliche Gleichstellung versagt blieb, war eine der sozialen Ursachen der Kindesmißhandlung. Verachtete oder gedemütigte »ledige Mütter« übertrugen ihren Frust oft genug auf das Kind, in dem sie die Ursache ihrer Probleme sahen. In einem Untersuchungsbericht aus dem Jahre 1928 wurde nachgewiesen, daß unter den schwer mißhandelten Kindern sechsmal so viel uneheliche Kinder waren wie eheliche.

Heute hat sich dieses Verhältnis geändert. Nach gegenwärtigen Erkenntnissen werden ehelich aufwachsende Kinder wesentlich häufiger als nichteheliche Kinder mißhandelt.

Professor Ernst Ziemke sprach im selben Jahr auf der Tagung der Deutschen Gesellschaft für Gerichtliche und Soziale Medizin über Kindesmißhandlungen mit tödlichem Ausgang. Er forderte vom Staat, »energisch und umsichtig den Kampf gegen die Kindesmißhandlungen aufzunehmen, damit solche menschenunwürdigen Grausamkeiten allmählich zu den Seltenheiten gehören.«

Er hat in den Wind gesprochen. Heute gehört die Kindesmißhandlung noch immer zu den unbewältigten Krankheiten unserer Gesellschaft. Frau Professor Nau wies schon vor Jahren auf einem Kongreß der Deutschen Gesellschaft für Kinderheilkunde darauf hin, daß sich die Kindesmißhandlungen bedrohlich häufen. Vor allem haben die Elterntäter stark zugenommen. So stiegen die bekannt gewordenen Fälle von ernsten Kindesmißhandlungen um das Dreifache an. Frau Professor Nau erinnerte ferner daran, daß es bei kaum einem anderen Verbrechen eine so hohe Dunkelziffer gibt. Nur etwa fünf Prozent aller schweren Kindesmißhandlungen werden bekannt. Die Kinder schweigen aus Angst vor neuen Schmerzen. Der Kongreß nannte diese Situation einen Eisberg der Kriminalität.

Die hohe Dunkelziffer hat noch eine andere Ursache: das Versagen der Umwelt. Oft wissen Hausbewohner und Nachbarn, daß ein Kind von seinen Eltern mißhandelt wird. Sie schweigen, aus Gleichgültigkeit, aus Angst vor Auseinandersetzungen mit den Tätern. Je mehr sich die Menschen von ihrer Umwelt abschließen und in die eigenen vier Wände zurückziehen, desto mehr verzichten sie auf ihre soziale Verantwortung und liefern Kinder schutzlos ihren Mißhandlern aus.

Der Todesschützen-Fall

Zirkusvorstellung im Orpheum in San Francisco. Es war der 24. Januar 1963.

Einer wippenden Pfauenfeder gleich, stelzte das Nummerngirl an der Rampe entlang. Der Blick der Zuschauer wanderte rasch ins Programmheft. »Todesschütze Jack Ortelli« hieß die nächste Nummer. Sie galt als Höhepunkt der Vorstellung. Und wegen dieses Höhepunktes war seit Wochen jede Vorstellung ausverkauft. Ortellis Ruhm ging ihm voran von Stadt zu Stadt. Der Kunstschütze gehörte zu den unumstrittenen Stars der internationalen Artistik. Er erschien wie die Verkörperung des amerikanischen Idols vom coltschwingenden Cowboy, der nie sein Ziel verfehlt.

Die Kapelle spielte eine Zwischenmusik. Gespannt verfolgten die Zuschauer die letzten Vorbereitungen für Ortellis Auftritt. Die Bühnenarbeiter stellten eine mit weißem Papier bespannte Wand im Hintergrund der Bühne auf und vorn an der Rampe ein zierlich lackiertes Tischchen. Die Zuschauer konnten darauf drei Colts liegen sehen.

Dann spielte die Kapelle einen Tusch. Jack Ortelli und seine Assistentin Sinje Vermeeren erschienen auf der Bühne.

Der Begrüßungsbeifall wollte nicht enden.

Das junge Mädchen in seinem Flitterkostüm trat vor den Wandschirm. Lächelnd nickte es seinem Partner zu, der mit einer blitzschnellen Bewegung zwei Revolver ergriff.

Für einen Augenblick war es im Saal totenstill. Dann, im gleichen Augenblick, als Ortelli beide Fäuste hochriß, knatterten auch schon die Schüsse. Nach wenigen Sekunden waren die Trommeln leergeschossen.

Sinje Vermeeren stand reglos. Das Publikum hielt den Atem an.

Das Mädchen trat leichtfüßig zur Seite. Auf dem Wandschirm hatten die Geschosse die Umrißlinien von Sinjes Körper nachgezeichnet. Nun trat Sinje wieder vor die Papierwand. Sie verdeckte fast völlig die Einschußlöcher – so dicht waren die Geschosse neben ihr eingeschlagen.

Beifall brauste auf, ebbte ab, denn nun folgte der zweite Teil der Nummer und gegen ihn, so erzählte man sich, wäre der erste nur ein Kinderspiel.

Jack Ortelli hatte die beiden Colts auf das Tischchen geworfen. Lässig, fast gleichgültig verfolgte er, wie Sinje aus der Hand eines Bühnenarbeiters einen metallenen dreiarmigen Leuchter entgegennahm, in dem drei brennende Kerzen steckten.

Langsam hob das Mädchen den Leuchter empor und stellte ihn sich auf den Kopf. Noch schwankte er, und es vergingen einige Sekunden, bis er sich der Rundung des Kopfes angepaßt hatte und stillstand. Das Publikum blickte erregt auf die brennenden Kerzen. Ortelli wird die Flammen zum Erlöschen bringen, nicht mit einem Trommelfeuer wie vorhin, sondern mit drei gezielten Schüssen. Er wird dabei dem Mädchen den Rücken zukehren und durch einen Spiegel das Ziel anvisieren.

Nun war es soweit. Ortelli nahm den dritten Colt vom Tischchen. Er stellte sich auf, das Gesicht dem Publikum zugewandt. Mit der Linken hielt er den Handspiegel in Augenhöhe, in der Rechten, den langen Lauf auf die Schulter gelegt, den Colt. Jeder wußte, was nun geschehen würde, aber niemand wußte, wie es dieser Teufelskerl fertigbrachte, rückwärts auf die zuckenden Flammen zu schießen.

Der erste Schuß fiel. Die erste Kerze erlosch. Wieder ein Schuß. Nun brannte nur noch eine Kerze.

Da blitzte es zwei-, dreimal. Zischen und Zwischenrufe der Zuschauer. Ein Fotoreporter machte Aufnahmen. Ortelli schien das nicht zu stören, er stand ganz ruhig da und zielte ebenso ruhig für den dritten Schuß.

In diesem Augenblick hörten die Zuschauer, die vorn in den ersten Reihen saßen, einen halblauten Zuruf Ortellis an seine Partnerin: »Steh doch still!« Fast zugleich mit dem Schuß flammten wieder Blitzlichter auf. Und dann hörten alle den schrecklichen Schrei, bis hinten in die letzten Reihen.

Der Schrei kam von der Bühne. Zuerst sah man nur den Leuchterschwanken, sah ihn fallen und die Kerze darin erlöschen. Dann sank Sinje um, langsam, wie in einer sorgsam einstudierten Bewegung.

War es eine neue Variante der Sensationsnummer? Reglos starrten die Zuschauer auf die Bühne. Erst als sie Ortelli zu seiner Assistentin eilen und seine vergeblichen Bemühungen um sie sahen, begriffen sie, daß etwas Unvorhergesehenes geschehen sein mußte.

Der Vorhang fiel. Eigentlich hätte die Kapelle nun mit beruhigenden oder heißen Rhythmen den Zwischenfall überspielen müssen. Aber die Kapelle schwieg. Die Musiker waren ebenso ratlos wie die Zuschauer.

Inzwischen war ein Arzt auf die Bühne gesprungen. Artisten und Bühnenarbeiter umstanden das reglos daliegende Mädchen. Ortelli kniete noch immer neben ihr und stellte sinnlose Fragen. Sinje antwortete nicht. Der Arzt brauchte nur wenige Augenblicke für seine Diagnose. Er sah die unregelmäßige Einschußwunde über dem linken Auge und richtete sich langsam wieder auf.

»Wird sie durchkommen?« fragte Ortelli angstvoll. Der Arzt blickte den totenblassen Artisten an, den er vor wenigen Minuten noch so bewundert hatte. Er konnte später nicht erklären, warum er in diesem Moment Ortelli Sinjes Tod verschwieg, warum er sagte, sie müsse sofort operiert werden, es müsse sofort ein Krankenwagen gerufen werden. Der Arzt ließ sich zum nächsten Telefon bringen. Aber er rief nicht die Unfallstation an, sondern die Polizei.

Wenig später traf die Mordkommission unter Leitung von Inspektor Jones ein. Auf der Bühne war alles noch unverändert. Der Arzt hatte dafür gesorgt, daß sich die Polizei ein genaues Bild von dem Geschehenen machen konnte. Während draußen vor dem Vorhang ein Notprogramm weiterlief – der Direktor hatte das Publikum auf die übliche Weise beschwichtigt – gingen die Kriminalisten daran, die Vorgänge kurz vor dem tödlichen Unfall zu rekonstruieren. Aber – war es denn überhaupt ein Unfall?

Der Arzt und einige andere Leute waren von Anfang an davon überzeugt, das war kein Unfall. Das war Mord, als Unfall getarnt.

Inspektor Jones hatte inzwischen von Kollegen Ortellis erfahren, daß es zwischen ihm und seiner Assistentin Spannungen gegeben und sie sich oft gestritten hätten. Miss Vermeeren, so hörte er, habe Ortelli geliebt, Ortelli sich aber einer anderen Frau zugewandt, der Steptänzerin Evelyn Bernhard aus Chikago. Mit ihr sei er in letzter Zeit immer öfter zusammengetroffen. Die Beziehung mit Sinje schien zu Ende gewesen zu sein.

Jones richtete sich mit seinen Männern in einem Garderobenraum ein. Hier sollten erste Vernehmungen stattfinden. Jones ließ Ortelli vorführen. Der Kunstschütze hatte den Raum kaum betreten, als er erregt rief: »Ich habe Sinje nicht getötet!«

»Wer spricht denn davon?« fragte Jones.

Ortelli blickte ihn unsicher an. »Ich sehe doch, was Ihr alle denkt. Ich verstehe nicht, wie das passieren konnte.«

»Ich mache Sie darauf aufmerksam, daß alles, was Sie aussagen, gegen Sie verwendet werden kann«, sagte Jones. »Wollen Sie einen Anwalt?«

»Ich habe nichts zu verbergen!«

»Um so besser. Ich habe gehört, daß es in letzter Zeit Auseinandersetzungen mit Sinje Vermeeren gab.«

Ortelli bestätigte es. Sinje hätte ihm wegen der Steptänzerin heftige Eifersuchtsszenen gemacht. Ortelli erklärte weiter, daß Sinje kein Recht dazu gehabt habe, er habe ihr niemals eine feste

Bindung versprochen. Diese Behauptung entlastete Ortelli in Jones Augen überhaupt nicht. Er war davon überzeugt, daß Ortelli mit seinem unklaren Verhältnis zu den beiden Frauen diese explosive Situation geradezu heraufbeschworen hatte. Ja, gab Ortelli zu, das möge schon sein, aber das sei doch kein Grund gewesen, Sinje etwas anzutun. Im Gegenteil, es sei Sinje gewesen, die ihn mit ihrem Haß verfolgt habe.

Jones fragte, wann Sinjes Liebe zu Ortelli in Haß umgeschlagen sei. Ortelli erklärte, das war, als Sinje erfuhr, daß er im nächsten Monat im gleichen Unternehmen auftreten werde wie die Steptänzerin Bernhard. Sinje habe ihm gedroht und geschrien, das werde er noch bereuen. Das sei vor drei Tagen gewesen.

Jones brach vorerst die Vernehmung ab. Trotz seines gefühlsmäßigen Verdachts gegen ihn konnte er kein Motiv für die Ermordung Sinjes erkennen – es sei denn, er wollte sich der ihm unbequem gewordenen Frau entledigen. Wie eng war das Verhältnis zwischen Ortelli und seiner Assistentin gewesen? fragte er sich. Er fragte einige Kollegen. Aber er erhielt nur vage Auskünfte.

Dann suchte Jones mit seinen Leuten das Zimmer der Toten auf. Er trat ein, blieb aber auf der Schwelle stehen. Das war so seine Gewohnheit. Er suchte sich zuerst immer einen Überblick über den ganzen Raum zu verschaffen, einen allgemeinen Eindruck von ihm und dem Menschen zu gewinnen, der ihn bewohnte.

Jones fielen mehrere Koffer auf, die gleich neben der Tür standen. Wie ein Hotelzimmer, dachte Jones. Der Gast hat es noch nicht betreten, aber seine Koffer stehen schon darin. Und dann blitzartig die Umkehrung dieses Gedankens: Wie ein Hotelzimmer – der Gast hat es bereits verlassen, nur seine Koffer sind noch da. Jones ging zum Kleiderschrank und öffnete ihn. Leer! Die Ablage über dem Wasserbecken – leer. Keine Seife, keine Zahnbürste, keine Schminke. Jones ließ die Koffer aufbrechen. Kleidung, Toilettenartikel alles verpackt, wie zur Abreise.

Aber wohin, zum Teufel, wollte sie reisen? fragte sich Jones. Ihr Vertrag lief doch bis zum Monatsende! Er ließ das Zimmermädchen kommen. »Wollte Miss Vermeeren verreisen?«

»Nicht daß ich wüßte.«

»War ihr Zimmer immer so ordentlich aufgeräumt?«

»Im Gegenteil, Sir. Sie war nicht gerade ordentlich. Ließ alles herumliegen und fand dann nie etwas. Oft mußte ich ihr suchen helfen. Das heißt, so schlimm war es erst in den letzten Tagen. Sie hat oft geweint.«

Das war nichts Neues für Jones. Aber dann sagte das Zimmermädchen etwas, was die Sache noch verworrener machte: »Wissen Sie, ich glaube, sie wollte doch verreisen. Sie hat mir nämlich heute ein ziemlich großes Trinkgeld gegeben. Artisten geben das Trinkgeld immer erst bei der Abreise.«

Abreise – dieses Wort ging Jones nicht mehr aus dem Sinn. Er nahm sich noch einmal Ortelli vor. »Ihre Nummer«, sagte er, »enthält doch ein großes Risiko für Ihre Assistentin. Wie hoch es ist, haben wir heute gesehen. Welche Möglichkeiten haben Sie, dieses Risiko so klein wie möglich zu halten?«

»Praktisch enthält meine Nummer gar kein Risiko.«

»Das müssen Sie mir schon genauer erklären.«

»Es gibt mehrere Artisten, die mit einer ähnlichen Nummer auftreten. Und solche Unfälle wie heute sind auch schon passiert. Deshalb bin ich niemals ein Risiko eingegangen. Ich verwende keine scharfe Munition, sondern präparierte Geschosse. Ich ließ sie von einer Spezialfirma entwickeln. Die Projektile bestehen aus einem bestimmten Wachs. Sie zerspringen beim Aufprall. Sie sind so weich, daß sie nicht einmal die Papierwand durchschlagen könnten, vor der meine Assistentin stand.«

»Aber man sah doch die Durchschüsse.«

»Das sind keine Durchschüsse, sondern schwarze Farbabdrücke der Wachsgeschosse. Der Luftzug, der bei ihrem Flug entsteht, löscht die Kerzen.«

Eine verblüffende Aussage. »Warum?« fragte Jones, »haben Sie mir das nicht schon früher gesagt?«

»Sie ließen mich nicht zu Wort kommen, als ich darüber sprechen wollte.«

Jones überprüfte Ortellis Informationen. Ortelli hatte die Wahrheit gesagt. Jones untersuchte den Revolver, aus dem der tödliche Schuß abgefeuert worden war. Sechs Patronenhülsen fielen heraus. In drei Hülsen steckten noch die Wachsprojektile. Die anderen drei Hülsen waren leer, zwei von ihnen glichen den Hülsen der Wachsgeschosse. Die dritte sah völlig anders aus.

Es war, wie sich weiter herausstellte, die Hülse einer scharfen Remington-Patrone. Ortelli hatte früher mit Remington-Patronen geschossen, bevor er zu Wachsgeschossen überging. Er besaß noch eine Schachtel Remington-Patronen. Diese Schachtel war mit den Kästen der Wachsgeschosse nicht zu verwechseln. Wer hatte die Patronen vertauscht?

Sicher nur jemand, der sich mit dieser Munition auskannte und Zugang zu Ortellis Zimmer hatte. Immer wieder fand Jones nur eine Antwort: Ortelli selber. Jones verhaftete ihn wegen Mordverdachts. Ortelli erhob keinen Einspruch, er war sich seiner hoffnungslosen Lage anscheinend voll bewußt. Aber auf der Fahrt zum Polizeirevier sagte er plötzlich: »Ich hätte allerdings gern gewußt, Inspektor, wie Sie meinen angeblichen Mordplan mit Sinjes Verhalten vor dem dritten Schuß in Einklang bringen wollen.«

»Mit welchem Verhalten denn?«

»Vor dem dritten Schuß stand sie nicht still, sondern bewegte sich plötzlich. Ich forderte sie auf, stillzustehen. Aber ich könnte beschwören, daß sie sich vor dem dritten Schuß wieder bewegte. Sie richtete sich plötzlich auf. Deshalb traf ich sie am Kopf.«

»Sie richtete sich auf! Stand sie denn zuvor gebeugt?«

»Weiß ich nicht genau. Nicht direkt. Aber vielleicht hat sie sich auf die Zehen gestellt? Ich weiß es nicht.«

Jones blickte Ortelli lange schweigend an. Dann fragte er: »Wie wollen Sie das beweisen?«

Jones ging auch diesem Problem nach. Und er stellte fest, daß einige Leute in den vorderen Reihen tatsächlich Ortellis warnenden Zuruf an Sinje gehört hatten.

Das gab der Untersuchung eine neue Richtung. Jones begann an Ortellis Täterschaft zu zweifeln. Er glaubte nicht mehr an eine Mordanklage, war sich aber zugleich auch ziemlich sicher, daß die Staatsanwaltschaft Ortelli wegen fahrlässiger Tötung anklagen würde: er habe zu früh geschossen, als sich das Mädchen noch bewegte.

Immer wieder auch sah Jones Sinje Vermeerens Zimmer vor sich: der Gast ist schon fort, nur seine Koffer stehen noch da. In Jones Gedanken begann sich eine abenteuerliche Theorie zu formen, und das Bild der Abreise war das Zentrum dieser Theorie. Nur konnte Jones sie nicht beweisen. Die Untersuchung war festgefahren. Sie brauchte einen neuen Anstoß.

Dieser Anstoß kam von naturwissenschaftlicher Seite. Im Gerichtsmedizinischen Institut von San Francisco wurde die Tote obduziert. Die Sektion ergab zweifelsfrei als Todesursache die durch das Projektil bewirkte schwere Gehirnverletzung. Die Einschußwunde war ungewöhnlich groß und unregelmäßig.

Als die Obduzenten das Geschoß aus dem Schädel herauspräparierten, ließ die charakteristische Deformierung des Projektils nur eine einzige Schlußfolgerung zu. Es hatte bereits als Querschläger, mit der ganzen Breitseite, die Stirn durchschlagen.

Ein Querschläger entsteht zum Beispiel, wenn das Geschoß auf seiner Flugbahn durch ein Hindernis aus seiner ursprünglichen Richtung abgelenkt wird. Senkrecht zu seiner Längsachse rotierend oder pendelnd, schlägt es quer auf und erzielt damit seine verheerende Wirkung.

Vergleichsschüsse ergaben, daß das tödliche Geschoß aus Ortellis Colt abgefeuert worden war. Wodurch aber hatte sich die Richtung der Geschoßbahn verändert? Die Gerichtsmediziner vermuteten, das Geschoß könnte an einem harten Gegenstand abgeprallt sein, möglicherweise an dem kronenartigen Kerzenhalter, den Sinje auf dem Kopf getragen hatte. Tatsächlich fand sich an der Krone eine Vertiefung, die das Projektil verursacht haben könnte. Mit Hilfe der Spektralanalyse gelang es, auf dem Querschläger winzige Spuren von Messing und Gold – dem Material, aus dem der Leuchter bestand – nachzuweisen, und an der Vertiefung des Kerzenhalters entdeckte man Blei.

Damit war der Weg des Geschosses rekonstruierbar. Ortelli hatte Sinje Vermeeren nicht vorsätzlich getötet. Hätte er das gewollt, so hätte er direkt auf ihre Stirn gezielt und sich nicht auf den unkontrollierbaren Weg eines Querschlägers verlassen. Daß er sie töten wollte und dabei versehentlich den Kerzenhalter statt ihrer Stirn getroffen hatte, war bei einem so sicheren Schützen ausgeschlossen.

Nach wie vor war aber der Vorwurf einer fahrlässigen Tötung nicht aus der Welt. Jones fragte sich immer wieder, warum sich Sinje vor dem dritten, dem tödlichen Schuß aufgerichtet und damit ihren Kopf in die tödliche Schußbahn gebracht hatte. Das konnte kein Zufall sein, denn als routinierte Artistin wußte sie, wie gefährlich eine Bewegung in diesem Augenblick war. Außerdem hatte Ortelli sie soeben erst gewarnt. Jones suchte diese Überlegungen mit seiner abenteuerlichen Theorie in Einklang zu bringen.

Erneut ging er die Vernehmungsprotokolle durch. Ein Detail half ihm schließlich, das Rätsel um Sinjes Tod zu lösen. Ein Fotoreporter hatte während der Ortelli-Nummer Aufnahmen gemacht. Jones vermutete, Ortelli sei durch das Blitzlicht erschreckt oder abgelenkt worden. Aber Ortelli hielt das für unmöglich.

Jones ließ nach dem Fotografen suchen und sich dann die Bilder der Ortelli-Nummer vorlegen. Er sah Sinjes Gesicht, aufgenommen einen Augenblick vor ihrem Tod. Das war nicht das Gesicht eines Menschen, den der Tod überraschend treffen wird. Auf Sinjes Gesicht lagen Entsetzen und Todesangst. Jones begriff: Sinje wußte, daß sie beim nächsten Schuß sterben würde. Sie war es gewesen, die die Geschosse vertauscht hatte. Sie hatte nicht mehr leben wollen. Doch sie wollte sich zugleich an dem Mann rächen, der ihre Liebe zurückgewiesen hatte. Sie wollte ihn als Mörder hinstellen und mit sich in den Tod nehmen.

Fast ein Jahrzehnt später schien sich in Wien diese absonderliche Situation wiederholen zu wollen.

1972 stand der 50jährige Wiener Arzt Dr. Makay vor Gericht. Er hatte seine 31 Jahre jüngere, ungarische Geliebte Elisabeth im

Streit erschossen, indem er das gesamte Magazin seines Trommelrevolvers auf sie abfeuerte.

Makay gab die Tat zu, behauptete jedoch, sein Revolver habe stets nur Platzpatronen enthalten. Elisabeth müsse diese mit scharfer Munition vertauscht haben, damit er sie töte. Ihr selbst habe der Mut dazu gefehlt.

Der Angeklagte konnte auf Tagebuchnotizen seines Opfers verweisen. Daraus ließ sich die ganze Misere dieser spannungsgeladenen Liebesbeziehung ablesen. Elisabeth hatte noch einen Geliebten in Ungarn, Makay suchte Abwechslung bei Prostituierten. Die junge Ungarin hatte sich anscheinend eine Ehe mit Dr. Makay versprochen, die sie aus ihrer armseligen Existenz befreien und in gutbürgerlichen Wohlstand versetzen sollte. Makay war vor allem sexuell an das Mädchen gebunden. Die Konflikte zwischen beiden verschärften sich, es kam immer wieder zu dramatischen Szenen. Makay war ein unbeherrschter, jähzorniger Mensch und Elisabeth ein scharfzüngiges, unberechenbares Wesen. Makay drohte ihr, sie zu töten, wenn sie ihn verlasse. Elisabeth schrieb, sie wolle durch Selbstmord diesem Wirrsal entrinnen, könne aber die schwere Waffe nicht in die Hand nehmen, sie brauche jemanden, der sie ihr an die Stirn halte.

Eines Nachts kam es erneut zu einer Auseinandersetzung zwischen Dr. Makay und seiner Geliebten. Nach seiner Darstellung habe sie ihn zum Geschlechtsverkehr animiert, obwohl er schwer betrunken war. Deshalb versagte er im Bett und wurde von ihr verhöhnt. Wütend habe er den Revolver aus dem Schrank genommen. Er habe auf sie geschossen, um sie zu erschrecken und zur Vernunft zu bringen. Er habe geglaubt, der Revolver enthalte nur Platzpatronen.

Makay berief sich auf jene Tagebuchnotiz und behauptete, er sei das Werkzeug eines raffiniert geplanten Selbstmordes geworden. Elisabeth habe zuvor die Patronen vertauscht und dann einen Streit provoziert, in der Hoffnung, er werde in seinem Jähzorn wie erwartet reagieren und auf sie schießen.

Das Gericht nahm Makays Argumente zu seiner Verteidigung

nicht an. Es berief sich in der Verurteilung Makays ebenfalls auf Elisabeths Tagebuch, nämlich auf seine Drohungen, sie umzubringen. Makay erhielt eine Freiheitsstrafe von 12 Jahren.

Dieser Kriminalfall zeigt im Gegensatz zum Ortelli-Fall, wie schwierig oder sogar zweifelhaft die juristische Urteilsfindung ist, wenn auch der Gerichtsmediziner keine Aufklärung erbringen kann. Denn ob und von wem die Patronen vertauscht worden sein sollten, konnte natürlich auch durch die Obduktion des Opfers nicht festgestellt werden.

Jürgens Hockergrab

Es war an einem Septembernachmittag gegen 16 Uhr, als das Ehepaar Wilhelm und Traute Harner die Wohnung verließ, um ins Kino zu fahren. Zuvor war die Mutter nochmals ins Wohnzimmer gegangen. Dort saß ihr 14jähriger Sohn Jürgen mit einem Studenten, der ihm Nachhilfeunterricht in Latein gab. Die Mutter hatte Jürgen aufgefordert, nach Ende des Unterrichts etwas Obst zu essen, das sie in der Küche bereitgestellt hatte. In etwa drei Stunden würden die Eltern wieder zu Hause sein.

Gegen 19 Uhr kehrten die Eltern zurück. Der Vater schaltete die Dielenbeleuchtung ein, aber die funktionierte nicht. Aus dem Badezimmer kam heller Lichtschein. Der Vater öffnete die Tür, aber Jürgen war nicht im Raum. Nur ein großer schwarzer truhenähnlicher Holzkoffer mit einem gewölbten Deckel stand mitten im Badezimmer. Der Koffer hatte sich sonst immer in der Abstellkammer befunden.

Der Vater hängte seinen Hut an den Garderobenständer. Die Mutter war schon in die Küche gegangen, um das Abendessen vorzubereiten. Der Vater vermißte Jürgen. Im Kinderzimmer fand er ihn nicht, auch nicht im Wohn- und Schlafzimmer.

Unruhe erfaßte die Eltern. Wenn Jürgen einen Freund besuchen wäre, hätte er es der Mutter vor ihrem Weggehen gesagt oder eine Nachricht hinterlassen. Die Mutter suchte sich zu beruhigen: »Vielleicht hatte er sich doch noch spontan entschlossen, zu seinem Freund zu gehen.«

Sie kehrte wieder in die Küche zurück.

Der Vater trat ins Badezimmer, um das Licht auszuschalten. Wieder blickte er auf den schwarzen Koffer, der fast einem Sarg glich. Warum, so fragte er sich, hat Jürgen den Koffer ins Bad geschoben? Er betrachtete den Koffer, der mit zwei Schnappschlössern versehen war. Eines der Schlösser war eingerastet, das andere nicht. Erst jetzt sah der Vater, daß hinter dem Koffer allerhand Gerümpel lag, alte Kleidungsstücke, ausrangiertes Kinderspielzeug, Schulhefte – alles Sachen, die im Koffer aufbewahrt gewesen waren. Warum hat Jürgen das Zeug herausgeholt?

Harner öffnete das Schnappschloß und hob den Deckel.

Im Koffer hockte Jürgen, den Kopf zwischen die Knie geklemmt. »Jürgen!« rief der Vater, »was soll der Unsinn! Für so ein Versteckspiel bist du wirklich zu groß! Komm sofort heraus!«

Aber Jürgen kam nicht. Jürgen war tot.

Beim Lokalaugenschein stellten sich der Grazer Gerichtskommission einige Fragen, die sie noch nicht beantworten konnte.

Der Tote saß in Hockerstellung im Koffer. Die stark gebeugten Knie waren aufgerichtet, der Rumpf nach vorn geneigt, der Kopf schien zwischen den Knien eingeklemmt zu sein. Zu Füßen des Jungen lag ein dolchartiges Messer, ein sogenannter Hirschfänger. Die Innenseite des Kofferdeckels wies eine Anzahl von Kerben auf. Wahrscheinlich hatte der Junge versucht, mit dem Messer den Deckel aufzubrechen. Wenn man den mit einem der beiden Schlösser verschlossenen Deckel empordrückte, entstand ein Spalt von einem halben Zentimeter Breite, durch den Luft eindringen konnte.

Die Gerichtskommmission stand vor folgenden Fragen:

1. Ist der Junge freiwillig in den Koffer gestiegen, wenn ja, warum?
2. Ist der Junge von einer fremden Person in den Koffer verbracht worden, wenn ja, von wem?
3. War es unmöglich, sich aus dem halbverschlossenen Koffer selbst zu befreien?
4. Ist der Junge erstickt, obwohl eine Luftzufuhr vorhanden war?

Die erste Frage konnte nur unvollständig beantwortet werden. Die Eltern konnten sich nicht erklären, warum Jürgen den Koffer ins Badezimmer gebracht hatte und sich darin versteckt haben sollte. Die zweite Frage, ob eine fremde Person den Jungen gewaltsam oder durch eine List in den Koffer gebracht hatte, ließ sich zur Zeit nicht schlüssig beantworten. Jürgens Vater war fest davon überzeugt, hier sei ein Mord geschehen. Der Student, der nachmittags Jürgen Nachhilfeunterricht gegeben hatte, wurde vernommen. Er sagte aus, er hätte um 17 Uhr den Unterricht beendet und gleich darauf die Wohnung verlassen. Diese Angabe ließ sich nicht bezeugen. Es gab keinen einleuchtenden Grund, warum der Student Jürgen im Koffer eingeschlossen haben sollte. Der Vater vermutete einen Grund: möglicherweise hatte der Mord einen sexuellen Hintergrund.

Was die Möglichkeit einer Selbstbefreiung betraf, so wurde sie experimentell geklärt. Eine Versuchsperson von gleicher Körpergröße setzte sich in den Koffer. Der Deckel wurde mit dem einen Klappschloß verschlossen. Die Versuchsperson konnte sich auch mit Hilfe des Messers nicht befreien. Sie drückte den Kopf gegen den Deckel, der sich um etwa einen halben Zentimeter anhob und somit Luft einließ. Trotzdem bezeichnete der Eingeschlossene schon nach kurzer Zeit die Situation als »sehr beklemmend und beängstigend«.

Die vierte Frage nach der Todesursache konnte nur durch eine gerichtsmedizinische Obduktion geklärt werden.

Prof. Dr. F. Reuter aus Graz berichtete über das Ergebnis der Obduktion u. a.: Das Gesicht des Toten war bläulich-rot. Die Lider des linken Auges wiesen kleine Unterblutungen auf. An den Beinen fanden sich verschiedene Hautkratzer. Im Bereich der weichen Schädeldecken gab es punktförmige Unterblutungen. Im Rachen fanden sich Reste von Obst. Unmittelbar vor dem Kehlkopfeingang lagen eine Masse aus gekautem Obst und ein dickes Stück Birne. Der rechte Nasengang war fast vollständig von Obstmasse verlegt (Pflaumen, Birnen). Die Lungen zeigten sich ballonartig gebläht. In den großen Bronchien fand sich eine blutig-schleimige Flüssigkeit. Der Obduktionsbericht ließ keinen Zweifel daran, daß Jürgen »an Erstickung, und zwar offenbar an Erstickung im Brechakte, gestorben war«. Der gesamte Befund ließ außerdem den Schluß zu, daß der Junge noch lebend in den Koffer hineingelangt war. Jürgen war im Koffer an Luftmangel erstickt. Eine Erstickung in einem kleinen Raum, so erklärte Prof. Reuter, erfolge allmählich und sei anatomisch eindeutig feststellbar, u. a. an der Beschaffenheit der Lunge. Die charakteristischen Anzeichen fehlten jedoch in diesem Fall. Vielmehr habe er in den Bronchien Erbrochenes mikroskopisch nachweisen können.

Es sei also anzunehmen, daß der Junge selbst in den Koffer geklettert und durch einen unglücklichen Zufall der Deckel zugeklappt und ein Schloß eingeschnappt sei. Der Junge konnte sich nicht selbst befreien. Die zusammengekauerte Haltung im Koffer übte Druck auf den Magen aus. Es kam zum Erbrechen und durch Einatmen des Erbrochenen zum Erstickungstod.

Die Obduktion hatte keine Anzeichen für fremde Gewalt und ein Tötungsverbrechen ergeben.

Was Jürgen veranlaßt hatte, in den Koffer zu steigen, ließ sich nur vermuten. Technische Sachverständige untersuchten den Koffer. Sie entdeckten, daß ein kleines Loch im Koffer durch einen Pflaumenstiel verstopft war. Jürgens Hobby war Fotografieren gewesen. Möglicherweise hatte er sich mit dem Koffer einen Art Dunkelkammer schaffen wollen und deshalb diese kleine Öffnung verstopft.

Die Tote in der Fäkaliengrube

Täglich verschwinden Menschen. Spurlos, wie es heißt. Die meisten tauchen irgendwann wieder auf. Fernsehsender strahlen Suchaufrufe aus. Die Presse berichtet von verschwundenen und wiedergefundenen Menschen. Manche bleiben für immer verschollen. Sie sind untergetaucht, um sich irgendwelchen Verpflichtungen oder widrigen Lebensumständen oder auch der Verantwortung für ein Verbrechen zu entziehen.

Einige der für immer spurlos Verschwundenen sind Mordopfer, irgendwo verscharrt, verbrannt, versenkt.

Zuweilen kann aber ein Mensch auch durch einen absonderlichen Unfall endgültig oder für eine Zeitlang »spurlos« verschwinden. Darüber berichtet folgender Fall.

Es ist an einem naßkalten Wintertag in einer süddeutschen Stadt. Frau Lerchner und ihre fünfzehnjährige Tochter Ulrike bügeln Wäsche, falten gemeinsam Bettlaken zusammen. »Einen Augenblick«, sagt Ulrike, »ich muß nur mal auf die Toilette.«

Ulrike geht hinaus. Frau Lerchner hört die Wohnungstür hinter ihr zuschlagen. In diesem alten Mietshaus liegt die Toilette im Hausflur, eine halbe Treppe tiefer. Die Mutter hatte genickt und sich wieder der Wäsche zugewandt.

Hausarbeit läßt die Gedanken um alles Mögliche kreisen. Manchmal vergeht die Zeit dabei schleppend, manchmal wie im Flug. Erst nach geraumer Zeit wird Frau Lerchner bewußt, daß sie noch immer allein am Bügelbrett steht. Sie kann sich nicht erinnern, ob sie das Zuschlagen der Wohnungstür gehört hat, als Ulrike wieder zurückkam. Sie ruft ihre Tochter.

Keine Antwort.

Und in keinem Zimmer ist das Mädchen zu finden.

Die Mutter geht hinaus, die halbe Treppe hinunter. Die Toilette ist leer. Sie geht vier Stockwerke hinunter in den Keller, steigt hinauf zur Bodenkammer – keine Spur von Ulrike.

Frau Lerchner läutet bei den anderen Mietern im Haus. Niemand hat Ulrike gesehen. Die Mutter spürt wachsende Angst. Das Mädchen kann doch bei diesem Dreckswetter und den ständigen Schneeschauern das Haus nicht verlassen haben. Sie hatte nur Hausschuhe aus Stoff an den Füßen. Auch ihr Mantel hängt noch an der Garderobe.

Frau Lerchner denkt an die oft unglaublichen Geschichten über spurlos Verschwundene. Da geht einer nur mal auf die Straße an den Zigarettenautomaten und kehrt nie wieder. Gibt es das denn wirklich? Das würde uns Ulrike nicht antun, einfach so zu verschwinden, niemals!

Wenn nur Rolf schon da wäre. Endlich kommt ihr Mann von der Arbeit. Ungläubig hört er den Bericht seiner Frau. Sucht selbst noch einmal alle Räume, alle nur möglichen Verstecke ab, befragt die Mitbewohner.

Nichts, keine Spur.

Rolf Lerchner geht zur Polizei und meldet seine Tochter als vermißt.

Auf dem Revier ist man nicht so schnell bereit, wie der Vater es erwartet, nach der Vermißten zu fahnden.

»Fünfzehn ist sie?« fragt der Beamte und wiegt vielsagend den Kopf. »Das ist gar nicht so selten in diesem Alter, daß sie mal verschwinden. Da machen sie sich auf, um was zu erleben. Verstehen Sie? Und nach paar Tagen sind sie wieder da. Das süße Leben ist ziemlich bitter. Sie kommen reumütig zurück. Warten wir erst mal bis morgen früh.«

Lerchner läßt sich nicht bis morgen vertrösten. Er drängt, die Polizei solle ihm bei der Suche nach der Tochter helfen. Schließlich erklärt sich der Beamte bereit, eine Vermißtenanzeige aufzunehmen. »Und was hilft das?« fragt Lerchner ungeduldig. »Es muß sofort etwas geschehen!«

Aber sofort geschieht gar nichts. Man verspricht Lerchner, am nächsten Morgen einen Kriminalbeamten zu schicken, der werde sich mal in der Wohnung umsehen. Die Eltern verbringen eine schlaflose Nacht zwischen Angst und Hoffnung.

Die Hoffnung erweist sich als Illusion.

Am nächsten Morgen trifft der Kriminalbeamte ein. Er läßt sich berichten, wann und wie Ulrike verschwunden ist, was die Eltern bisher unternommen haben, um sie wiederzufinden. Auch will er wissen, ob Ulrike ein Ausreißertyp sei. Dem widersprechen die Eltern energisch. Dann besichtigt er die Wohnung, Keller und Boden. Seine besondere Aufmerksamkeit gilt der Toilette eine halbe Treppe tiefer. Denn nach Meinung der Mutter war sie vom Gang zur Toilette nicht zurückgekehrt.

Dieses alte Haus hat noch, wie die Bewohner sagen, ein Plumpsklo. Den kleinen Raum füllt fast gänzlich ein Holzkasten aus, der von der linken bis zur rechten Wand reicht. Ziemlich nahe an der vorderen Kante des Holzgestells ist die sogenannte Brille eingeschnitten. Sie wird mit einem hölzernen Deckel verschlossen. Könnte Ulrike hindurchgerutscht sein? Unmöglich.

Die Öffnung ist zu eng. Dicht über dem Holzsitz, an der hinteren Wand des Raumes, befindet sich ein Fenster. Der Kriminalbeamte öffnet es. Wer aus dem Fenster hinunter in den Hof blicken wollte, müßte sich auf den Toilettenkasten legen. Das Fenster ist dicht darüber angebracht. Beugt man sich zu weit hinaus, könnte man leicht das Gleichgewicht verlieren.

Ist das Mädchen auf diese Weise zu Tode gekommen, fragt sich der Kriminalist. Liegend zu weit aus dem Fenster gelehnt, aus dem vierten Stockwerk auf den gepflasterten Hof gestürzt? Es wäre denkbar. Aber so kann es nicht gewesen sein. Es gibt keine Leiche. Und auf dem Hof sind auch keinerlei Blutspuren zu finden.

Der Kriminalist fordert einen Fährtenhund an. Der Hund bekommt Witterung an einem Kleidungsstück von Ulrike. Er läuft von der Wohnung die halbe Treppe hinunter bis in die Toilette. Dort verliert er die Witterung. Unten auf dem Hof nimmt er keine Fährte auf.

Der Beamte wiederholt, was schon die Eltern getan hatten. Er befragt die Bewohner des Hauses und der Nachbarhäuser. Niemand hat einen möglichen Absturz Ulrikes gesehen.

Spurlos verschwunden ...

Den Kriminalisten beunruhigt das Widersinnige seiner Ergebnisse. Entsprechend dem Verhalten des Fährtenhundes endet Ulrikes Spur in der Toilette. Die Spur führt von dort nicht wieder hinaus. Bleibt also nur die Vermutung, Ulrike sei aus dem Fenster gestürzt. Aber auf dem Hof gibt es nicht die geringste Spur von einem Absturz. Die aber müßte es geben, wenn das Mädchen aus einer solchen Höhe gefallen wäre. Die Hypothese vom Fenstersturz birgt einen unlösbaren Widerspruch. Bleibt nur die Annahme, Ulrike sei doch von zu Hause weggelaufen.

Tage vergehen, Wochen. Der Winter geht seinem Ende entgegen. Die Fäkaliengrube des Hauses soll geleert werden. Sie liegt auf dem Hof und ist oben mit einem eisernen Deckel verschlossen. Als die Arbeiter von der Fäkalienabfuhr den Deckel abheben wollen, stellen sie fest, daß er noch angefroren ist. Sie müssen ihn erst abtauen. Schließlich läßt er sich abnehmen. Plötzlich haben die Leute zwei Deckelteile in den Händen.

Der Deckel ist mittendurch gebrochen. Die beiden Teile waren so dicht aneinandergefügt, daß der Riß – solange der Deckel angefroren blieb – nicht sichtbar gewesen war.

Die Arbeiter legen den Deckel beiseite und wollen das Absaugrohr in die Grube schieben.

In der Grube schwimmt eine Leiche.

Im Beisein der Kriminalpolizei wird die Leiche aus der Grube gezogen, aufs Pflaster gelegt und mit einem Wasserstrahl gereinigt. Es ist Ulrike Lerchner.

Die gerichtsmedizinische Untersuchung ergibt anhand der Beschaffenheit der Luftwege und der Lunge einen Aspirationstod. Als Ulrike in der Fäkaliengrube versank, lebte sie noch. Die Einatmung von Fäkalienmasse und Jauche verstopfte die Atemwege. Das hatte akutes Ersticken zur Folge. Ferner stellen die Rechtsmediziner am inneren Grubenrand Blutspuren fest. Sie stammen wahrscheinlich von einer Verletzung am Knie, die beim Sturz in die Grube entstand.

Die Kriminalpolizei rekonstruierte den bizarren Unfall folgendermaßen: Ulrike hatte sich durch das Toilettenfenster hinausgebeugt, um in den Hof hinunterzuschauen. Dabei hatte sie das Gleichgewicht verloren. Beim Sturz überschlug sie sich. Sie landete mit den Füßen auf dem gußeisernen Grubendeckel. Dieser war durch den Frost spröde geworden. Der Aufprall ließ ihn in zwei Stücke zerbrechen. Beide Hälften öffneten sich nach unten, der Körper Ulrikes rutschte in die Grube hinab. Danach klappten die Deckelhälften wieder nach oben zurück. Sie froren aneinander, der Riß blieb unbemerkt.

Der Todeskuß

Das klingt wie der reißerische Titel eines Kriminalromans, den sich eine makabre Phantasie ausgedacht hat. Und ist doch wirklich geschehen. Ein raffinierter Plan, der aber nur zur Hälfte aufging.

Lotti Hädrich, eine achtundzwanzigjährige Verkäuferin, war seit sieben Jahren mit dem gleichaltrigen Helmut Hinze befreundet. Vor drei Jahren hatten sie sich verlobt. Das schon sieben Jahre andauernde Verhältnis läßt vermuten, daß einer von ihnen oder auch beide unschlüssig waren, eine endgültige feste Bindung einzugehen. Lotti nahm es mit der Treue nicht so genau, so daß Helmut ernstlich daran dachte, sich von ihr zu trennen. Als sich Lotti dann bei einem ihrer Seitensprünge die Syphilis holte, stand Helmuts Entschluß fest, das Verhältnis zu beenden.

An einem Januartag sagte er ihr, er werde die Verlobung auflösen.

»Warum?« fragte sie bestürzt.

»Weil wir nicht zueinander passen.«

»Das merkst du erst jetzt?«

»Wir sind zu unterschiedlich. Haben eine andere Auffassung vom Leben.«

Lotti lachte bitter. »Das ist nicht der wahre Grund. Sieben Jahre hast du mit mir geschlafen, dafür war ich dir gut genug. Da haben wir wohl zueinander gepaßt. Der wahre Grund, das sind deine Eltern. Die wollen uns auseinanderbringen. Und du bist zu feige, ihnen entgegenzutreten. Deine Eltern sind dir wichtiger als ich.«

Helmut wich aus. »So kannst du das nicht sehen.« Er wußte wohl, daß Lotti recht hatte. Seine Eltern mochten ihr flatterhaftes Wesen nicht. Und er wollte ihretwegen nicht mit den Eltern brechen. Er hatte aber auch nicht den Mut, sofort, heute abend noch, seinen angekündigten Trennungsentschluß wahr zu machen. Als Lotti ihn bat, alles noch einmal zu überdenken und dann darüber zu sprechen, stimmte er zu. Sie verabredeten sich für den kommenden Sonntag.

Und Helmut erschien am Sonntag, pünktlich wie immer in all den Jahren, nachmittags in Lottis Zimmer.

Sie hatte ihn, wie er sich gestehen mußte, liebevoll erwartet. Der Tisch war gedeckt, Kuchen und Kaffee standen bereit. Sie aßen und tranken, plauderten über alles mögliche, nur nicht über das, was sie eigentlich besprechen wollten. Jeder fürchtete, als erster das heikle Thema aufzugreifen.

Dann stand Lotti auf, kleidete sich aus und zog Helmut auf die Couch. Er war darauf nicht vorbereitet. Er dachte auch an Lottis Syphilis, die sie angeblich zwar überstanden hatte, aber er war sich dessen durchaus nicht sicher. Trotzdem gab er schließlich nach. Sie schliefen miteinander.

»Willst du dich noch immer von mir trennen?« fragte sie später.

Er zwang sich zur Entschiedenheit. »Ich muß es tun.«

Lotti zeigte keine Reaktion auf diese Erklärung.

Gegen Abend bereitete sie in der Küche einen Imbiß zu. Sie brachte einen Teller mit Schinkenbroten herein. Helmut fand, daß der Schinken stark gepfeffert war. Er bekam Durst. Es war noch Kaffee in der Kanne. Lotti goß ihm eine Tasse voll ein und verließ damit das Zimmer. Bald kehrte sie mit der Tasse zurück und stellte sie vor Helmut hin. Er fragte sich, warum sie mit der Tasse hinausgegangen war. Er ließ die Tasse stehen, ohne zu trinken.

Helmut fühlte sich müde, legte sich auf die Couch und schlief ein. Als er erwachte, lag Lotti nackt neben ihm. Sie küßte und umarmte ihn, sie schliefen erneut miteinander.

Danach standen sie auf und kleideten sich an. Helmut spürte nun noch mehr Durst. Lotti ging zum Tisch, auf dem noch immer die Tasse mit dem Kaffee stand. Sie rührte die Flüssigkeit um und brachte ihm die Tasse. Das kam ihm merkwürdig vor. Er lehnte wiederum ab, den Kaffee zu trinken. Überhaupt befand sich Helmut nun in gereizter Stimmung. Er bereute es, ihrem Drängen nachgegeben und mit ihr geschlafen zu haben. Er ahnte, daß sie damit versucht hatte, ihn wieder an sich zu binden. Er wußte nicht, was er nun tun sollte. Wenn er Lotti jetzt verließ – sollte er sagen, es sei endgültig? Sollte er offenlassen, ob er wiederkommen würde? Er wußte es nicht. Er zog sich den Mantel über und sagte vage: »Also ich muß jetzt gehen.«

Das sagte alles und nichts. Lotti eilte zu ihm, umklammerte ihn, weinte, küßte ihn und flehte, sie nicht zu verlassen. Er raffte sich zu einer Entscheidung auf: »Es ist endgültig.«

Lotti lief zum Tisch, nahm die Kaffeetasse auf und setzte sie an den Mund, trank. Dann kam sie zurück, umschlang Helmut erneut, näherte ihr Gesicht dem seinen. Ein letzter Kuß, dachte er, der Abschiedskuß. Nun gut, wenn sie es will. Sie hatten sich immer leidenschaftlich geküßt. Er öffnete die Lippen. Lotti preßte ihren Mund auf seinen Mund.

In diesem Augenblick spürte er, daß Lotti eine bittere Flüssigkeit in seinen Mund spie. Er riß sich aus ihren Armen und spuckte das ekle Zeug aus. Sie wollte mich vergiften, dachte er noch, dann lief er wortlos hinaus.

Er sah nicht mehr, daß Lotti wenige Augenblicke später, nachdem sie noch einen Schluck aus der Tasse getrunken hatte, mit einem Schrei niederstürzte und sich in Krämpfen wand ...

Lottis Wirtin fand noch am gleichen Abend die Tote und rief die Polizei.

Die Kriminalpolizei untersuchte das Zimmer sorgfältig. Die halbleere Kaffeetasse kam ihr verdächtig vor. Der Gerichtsmediziner Dr. Schackwitz erhielt den Kaffeerest zur chemisch-toxikologischen Untersuchung. Er stellte fest, daß er Zyankali enthielt. Die Obduktion der Toten ergab die charakteristischen Anzeichen einer Zyankalivergiftung: Ätzspuren und eine dunkelrötliche Verfärbung der Magenschleimhaut, hellrotes venöses Blut und aufgeblähte Lungen.

Die kriminalpolizeiliche Ermittlung ergab, daß Lotti sich das Gift von einer Freundin beschafft hatte, deren Mann eine Vernikkelungsanstalt besaß. Dort wurde noch Zyankali verwendet.

Dieser Fall war von Lotti als erweiterter Selbstmord geplant: Ein erweiterter Selbstmord liegt vor, wenn ein Selbstmörder einen andern Menschen mit sich in den Tod nimmt. Wenn Helmut sie verließ, wollte Lotti sterben. Aber sterben sollte auch er.

• • •

Jede Selbsttötung eines Menschen erschreckt und erregt seine Umwelt. Diese sieht sich dabei mit einem schwer begreiflichen, düsteren Selbstvernichtungswillen konfrontiert, der dem eigenen Lebenswillen widerspricht. Selbstmord wird als Schwäche, Feigheit, Flucht angesehen. Und das sind verächtliche Verhaltensweisen in einer Gesellschaft, die von den Idolen der »Power«, des Optimismus und Erwerbsstrebens beherrscht wird. Demgegenüber offenbart sich im Selbstmörder eine tiefe Melancholie, eine Lebensangst, die alles Denken, Fühlen und Handeln überwuchert. Der Selbstmörder wirkt als Fremdkörper in der Gesellschaft, seine Tat als Ärgernis. Das öffentliche Bewußtsein verdrängt den Selbstmord als Lebensproblem, sofern es ihn nicht als billige Sensation ausschlachtet. Verschwommene Schuldgefühle, ein geheimes Einverständnis, dem Selbstmörder gegenüber versagt zu haben, befördern den Zwang zur Verdrängung. Anfängliche Betroffenheit beruhigt sich rasch durch die Behauptung, dem Selbstmörder sei sowieso nicht zu helfen gewesen.

Der Wiener Psychiater Dr. E. Ringel äußerte sich schon in den 60er Jahren zuversichtlich, daß die Psychiatrie einiges zur Verhütung des Selbstmordes beitragen könne. Wie schon andernorts erwähnt, geht Ringel von der These aus, daß Selbstmord immer etwas Krankhaftes sei, weil er sich gegen den stärksten Trieb, die Selbsterhaltung, richte. Demzufolge läge jedem Selbstmord eine mehr oder weniger schwere psychische Störung zugrunde. Der Selbstmordgefährdete brauche also psychiatrische Hilfe. Ringel meint, daß die Psychiatrie in den letzten Jahrzehnten in der Erforschung der Selbstmordproblematik bedeutend weitergekommen sei, sowohl in der Diagnose wie in der Therapie. Man könne sagen, »daß fast alle jene seelischen oder geistigen Störungen, die zur Selbstmordtendenz führen, therapeutisch erfolgreich bekämpft werden können ... Wenn man berücksichtigt, daß somit die Selbstmordtendenz bis zu einem hohen Grade heilbar erscheint, so hängt alles davon ab, daß man mit dem selbstmordgefährdeten Menschen rechtzeitig in Kontakt kommt.«

Aber die Schwierigkeit zu helfen beginnt schon damit, eine Selbstmordgefährdung überhaupt zu erkennen. Denn die psychische Störung verbirgt und tarnt sich meist sehr geschickt und ist – da sie sich allmählich über einen längeren Zeitraum entwikkelt – nicht so kraß auffällig. Die Umwelt merkt die Gefährdung nicht oder hat, wenn sie sie bemerkt, ebenso wie der Betroffene selbst, Vorbehalte gegen den Psychiater.

Einfacher ist es, Selbstmordgefährdete zu erkennen, die sich in einer momentan bedrohlichen Situation befinden, mit der sie nicht fertig werden: beim Verlust eines geliebten Menschen, nach einem schweren Unfall, in akuter existentieller Not – also insgesamt bei äußerlich bedingten Einflüssen, die als nicht mehr zu bewältigende Katastrophe empfunden werden.

Auch ist an die Gefährdung ganzer Gruppen zu denken, auf die sich alle Aufmerksamkeit richten müßte. Das sind alte und einsame Menschen, chronisch Schwerkranke, das sind Alkoholiker und Süchtige, Langzeitarbeitslose, vom sozialen Abstieg Bedrohte und Strafgefangene.

Ringel verweist auf den Irrtum, daß Menschen, die ihre Selbstmordabsicht äußern, die Tat nicht ausführen würden. Nach seinen Untersuchungen haben 70 % aller Selbstmörder ihren Entschluß vorher kundgetan. Das sei auch begreiflich, weil »eben in der Tiefe jedes Menschen, und sei er auch noch so grimmig zum Selbstmord entschlossen, ein Wunsch schlummert, vielleicht doch am Leben bleiben zu können. Schwer zu begreifen ist allerdings die Reaktion bzw. Reaktionslosigkeit der Empfänger solcher Selbstmordankündigungen ...«

Ringel schließt seine Untersuchung mit dem Hinweis, daß zwischen den Möglichkeiten der Selbstmordverhütung und der praktischen Anwendung der wissenschaftlichen Erkenntnisse noch ein Abgrund klaffe.

Ein mysteriöser Autounfall

Frank Neel, ein junger Handelsvertreter, sitzt mit seiner Frau am Frühstückstisch. Sonst hat er es immer eilig, zu seiner Tour aufzubrechen. Heute ist es anders. Er wirkt mit seinen Gedanken abwesend, hat noch nicht einmal wie jeden Morgen die Zeitung durchgeblättert.

»Ist dir nicht gut?« fragt Lisa, »bist du etwa krank?«

Er schüttelt den Kopf. »Es ist nichts weiter. Nur dieser Traum – kurz vor dem Aufwachen. Ein schlimmer Traum. Ich denke dauernd daran. Bekomme ihn aber nicht mehr richtig zusammen.«

Er nimmt einen Schluck Kaffee. »Ich weiß nur noch, ich fuhr mit unserem Kleintransporter. Es war dunkle Nacht. Ich fuhr und sah nichts, um mich nur Finsternis. Ich hatte Angst. Gleich wird es krachen, dachte ich. Trotzdem fuhr ich weiter. Dann sah ich etwas vor mir aufblitzen. Und spürte einen wahnsinnigen Schmerz im Kopf. Jemand hatte auf mich geschossen. Ich wußte das ganz genau, daß jemand auf mich geschossen hatte, obwohl ich ihn in der Finsternis nicht sehen konnte. Und wußte, daß ich sterben würde.«

Er hebt den Kopf und blickt Lisa an. »Du weißt ja, ich habe manchmal solche Träume. Daß mich jemand verfolgt und umbringen will. Aber das ging immer gut aus. Ich entkam den Verfolgern oder überwältigte sie. Aber diesmal hat es anders geendet. Mit meinem Tod.«

»Aber woher weißt du denn das so genau, daß du tot warst? Du kannst doch nicht tot sein und denken, jetzt bin ich tot – das geht doch auch im Traum nicht?«

»Das läßt sich nicht erklären. Ich wußte es eben.« Er fügt hinzu: »Vielleicht sollte ich heute zu Hause bleiben.«

Lisa weiß mit der Angst ihres Mannes nichts anzufangen. Sie rettet sich in die Allerweltsfloskel: »Ach was, Träume sind Schäume.«

Neel steht auf. »Vielleicht hast du recht. Trotzdem« –

»Trotzdem fahre besonders vorsichtig!«

Neel verabschiedet sich von seiner Frau, verstaut sein Gepäck im VW-Transporter und fährt los.

Es ist noch immer früh am Morgen. Bald hat Neel die Stadt hinter sich. Er kommt rasch voran. Auf der Bundesstraße herrscht noch geringer Verkehr. Neels düstere Stimmung schwindet. Der sonnige Tag vertreibt die Ängste der Nacht.

Der Wagen verläßt gerade eine Rechtskurve. In diesem Augenblick zerbirst knallend die Frontscheibe. Ein wahnsinniger Schmerz durchblitzt Neels Gesicht. Die Frontscheibe bedeckt sich knisternd mit Spinnengeweb. Nur das Loch mitten in der Scheibe gibt Neel noch so viel Blickfreiheit, daß er den Wagen in der Spur halten, langsam abbremsen und anhalten kann. Das ist schwierig genug, auch sein rechtes Brillenglas ist zerbrochen.

Benommen steigt er aus, wischt sich über die Lippen. Die Hand ist blutig. Brennende Schmerzen in Mund und Wange. Hat jemand auf mich geschossen? fragt er sich, wie heut nacht im Traum?

Er blickt sich um. Kein Mensch auf der Straße. Wiesen und Felder ringsum, da kann sich niemand verstecken. Vielleicht war es ein Stein, der die Frontscheibe durchschlug und mein Gesicht traf? Nein, nicht nur das Gesicht. Auch die linke Schulter tut höllisch weg. Er wagt nicht, in diesem Zustand weiterzufahren. Er stellt sich vor seinen Wagen und winkt. Schließlich hält ein Wagen an, der Fahrer erbietet sich, Neel ins Krankenhaus zu bringen.

Im Krankenhaus wird Neel verbunden. Dabei erzählt er, was ihm widerfahren ist. Er erzählt auch seinen Traum, in dem sich, wie er jetzt weiß, Wahrheit und Irrtum gemischt hatten. Es sei ihm ja tatsächlich etwas geschehen. Aber er lebe noch.

Da im Krankenhaus komplizierte Kieferbrüche festgestellt wurden, wird Neel in eine Spezialklinik zur Operation überführt.

Die Operation erfolgt in Narkose. Noch während des Eingriffs kommt es zu einer lebensbedrohlichen Komplikation, der sogenannten Hyperthermie. Sie zeigt sich als hohes Fieber bis zu 42 Grad. Die Hyperthermie ist eine seltene, konstitutionell bedingte bösartige Temperaturerhöhung, die während der Narkose auftritt. Obwohl das Fieber wieder gesenkt werden kann, entsteht eine neue Komplikation: unstillbare Blutungen im Wund- und Operationsbereich. Ungefähr dreißig Bluttransfusionen können nicht verhindern, daß Neel an Herz-Kreislaufversagen stirbt.

Dr. H. E. Hildebrand und Dr. F. Schulz, die diesen Fall berichteten, stellen bei der Leichenschau u. a. folgende unfallbedingte Verletzungen fest: Geformte Hautabschürfungen an der linken Schulter, unter einer Hautverletzung im linken Schultermuskel eine mehrere Zentimeter lange Zerreißung, die bis auf das linke Schlüsselbeinschultergelenk reicht. Das linke Schlüsselbein ist in der Mitte gebrochen. Am linken Mundwinkel befindet sich eine Abschürfung, an der Oberlippe eine (bereits vernähte) Wunde. Der Oberkiefer ist nahe der Mittellinie gebrochen. Auch im Unterkiefer finden sich Brüche. In beiden Kleinhirnhälften gibt es Quetschungsherde und Quetschungsblutungen im rechten Stirnhirn. Die rechten Stirn- und Gesichtsweichteile sind durch Blutungen stark geschwollen. In ihrem vorläufigen Gutachten vermuten die Obduzenten, daß der Unfall wahrscheinlich von einem durch die Frontscheibe eingedrungenen Rohr oder Stab verursacht worden sei.

Die ersten Ermittlungen der Kriminalpolizei gehen noch von der Aussage des Verletzten aus, ein Stein müsse ihn getroffen haben. Das Loch in der Windschutzscheibe ist etwa faustgroß. Aber im Wagen ist kein Stein zu finden. Vor dem Beifahrersitz steht Neels Tasche. Obenauf in der Tasche liegt eine sogenannte Wringrolle. Sie ist Teil einer Wringmaschine und gleicht in ihrem Aussehen am ehesten einer Holzrolle, wie Hausfrauen sie zum Ausrollen von Teig auf dem Kuchenblech benutzen. Die Wringrolle ist 23,5 cm lang und wiegt anderthalb Kilo. Die an beiden Enden herausragenden Metallachsen sind jeweils 2,7 cm lang. Die Rollfläche besteht aus Hartgummi.

Die Rolle wird untersucht. An ihr finden sich mikroskopisch kleine Glassplitter, an einem Ende Blutspuren und menschliche Gewebeteile. Dieser Befund läßt vermuten, daß die Wringrolle Neels Verletzungen bewirkt hatte.

Die Staatsanwaltschaft fordert ein technisches Gutachten. Der Sachverständige vergleicht die bei der Obduktion festgestellten Verletzungen mit der Flugrichtung, die seiner Meinung nach die Wringrolle genommen hatte. Er hält es für unmöglich, daß die Wringrolle diese Verletzungen bewirkt hat. Der Sachverständige kommt zu der absurden Erklärung, Neel habe außerhalb des Autos vor der Windschutzscheibe gestanden. Jemand habe mit der Wringrolle auf ihn eingeschlagen und dabei auch das Loch in der Frontscheibe verursacht.

Weitere Ermittlungen der Kriminalpolizei erbringen keinen Beweis für diese Vermutung. Die Staatsanwaltschaft stellt das Verfahren ein.

Neels Angehörige sind damit nicht einverstanden. Sie glauben nicht an einen Verkehrsunfall. Lisa Neel erinnert sich an den Traum vom Tode, vom Tod während einer Autofahrt. Neel mußte einen Anschlag befürchtet haben, der Traum war nur ein unterbewußter Ausdruck dieser Angst. Auch der technische Sachverständige hatte ja erklärt, Neel sei von jemandem angegriffen und verletzt worden.

Der Rechtsanwalt der Familie legt Beschwerde gegen die Einstellung des Verfahrens ein und fordert ein detailliertes rechtsmedizinisches Gutachten.

Dr. Hildebrand und Dr. Schulz vergleichen die polizeilichen Ermittlungen, das technische Gutachten und die medizinischen Befunde miteinander und kommen zu folgendem Ergebnis: Die Wringrolle könnte auf der Straße gelegen haben. Dann sei sie von einem Wagen berührt und hochgeschleudert worden. Nur die dabei entstehende hohe »Geschoß-Energie« könne solche Verletzungen hervorrufen. Es sei unwahrscheinlich, daß die Rolle von menschlicher Hand gegen die Frontscheibe geworfen worden sei. Nachdem die Wringrolle durch die Frontscheibe geschleudert worden war, geschah folgendes: »Eins der beiden Rollenenden ... traf mit seiner Metallachse gegen die linke vordere Schulterpartie des Fahrers, imprimierte die Haut und das Unterhautgewebe tief, ohne sie zu durchbohren ... In der Tiefe wurde jedoch die Oberarmmuskulatur zerfetzt. Infolge der starken Impression drückte sich auch der Rollenrand noch teilweise in Form einer bogenförmigen Schürfmarke in der Haut ab ... Die Auftreffwucht war so heftig, daß das linke Schlüsselbein in ziemlicher Entfernung von der Aufschlagstelle brach. Nun erhielt die Rolle eine Drehung und schlug mit der Rollfläche gegen das Gesicht, die Verletzungen des Mundes, der Kiefer und der Stirn hervorrufend. Aus der Aufreißung der Mundweichteile stammen die später an der Rolle festgestellten Gewebsreste.

Die »Geschoß-Energie« dürfte nun verbraucht gewesen sein. Die Rolle fiel herunter und in die vor dem Beifahrersitz stehende Tasche.«

Die Rechtsmediziner verweisen auch darauf, daß bei Neel keinerlei Abwehrverletzungen gefunden wurden, die einen Angriff durch fremde Hand bewiesen hätten. Sie bestätigen, daß Neel durch einen echten Verkehrsunfall ums Leben gekommen war.

Das Rätsel der Unfallursache ist also gelöst, nicht aber das Rätsel des vorausgeträumten Todes.

Der Vielfraß

An einem Aprilmorgen 1924 sitzt der zweiundsechzigjährige Karl Denke in der Wohnküche. Vor ihm auf dem Tisch liegt ein Bündel entrindeter Weidenzweige. Sie sind zuvor gewässert worden und daher sehr biegsam. Mit geschickter Hand flicht er sie zu Brotkörbchen zusammen, die er auf dem Wochenmarkt verkaufen wird.

Denke, ein kleiner muskulöser Mann mit grauem Haar und einem sorgfältig gestutzten Vollbart, lebt bescheiden in seiner Einzimmerwohnung Teichstraße 10 in der schlesischen Kleinstadt Münsterberg. Das Haus, in dem er zur Miete wohnt, liegt am Rande der Stadt, gleich dahinter beginnen Wiesen und Wälder. Das Haus beherbergt noch eine Lehrerfamilie und ein älteres Arbeiterehepaar.

Denke unterbricht seine Arbeit. Er schiebt die Weidenruten beiseite, holt ein Brot aus der Blechbüchse, schneidet sich einen Kanten ab und entnimmt einem Holzfaß, das in der Zimmerecke steht, ein mächtiges Stück gepökeltes Fleisch. In der einen Hand das Brot, in der anderen das Lendenstück, schlingt er hastig große Bissen in sich hinein. Zwischendurch trinkt er aus einem schmutzigen Glas einen Schluck Bier. Vergnügt brummt er dabei den Kanon vor sich hin, der abends zu Schlachtfesten gesungen wird: »Fleesch und Blutt, doas schmackt gutt. Und a Kännla Bier dazune, doas schmackt gutt.«

Fleisch hat Denke schon immer gut geschmeckt, ein Kilo verputz' ich wie nichts, rühmt er sich. Und er hat in den letzten Jahren auch immer gut gefüllte Fleischtöpfe gehabt, im Gegensatz zu den Hausnachbarn. Nicht mal die Lehrersleute hätten sich so viel Fleisch leisten können wie er. Noch vor einem Jahr, auf dem Höhepunkt der Inflation, kostete ein Kilo Fleisch Milliarden.

Gesättigt stellt Denke das Bierglas weg und beginnt wieder an dem halbfertigen Körbchen zu arbeiten.

Er hört Stimmen im Hausflur. Da die Zimmertür direkt in den

Flur mündet, ist jeder Laut von draußen zu hören. Er lauscht. Da klopft schon jemand an seine Tür.

Vielleicht ein Kunde, hofft Denke, steht auf und öffnet.

Er erblickt einen Mann, einen Rucksack auf dem Rücken. Neben dem Mann steht die Lehrersfrau: »Morgen, Herr Denke. Habe ihm schon zwei Pfennig gegeben.« Und zu dem Mann sagt sie: »Herr Denke weist niemanden von seiner Tür.«

Die Lehrersfrau kehrt wieder in die Wohnung zurück. Denke mustert den Mann. Ein Tippelbruder. »Na, dann kommen Sie mal rein«, sagt er freundlich. Während er den Mann in das Zimmer eintreten läßt, fügt er hinzu: »Sie können sich gleich einen ganzen Groschen verdienen.«

Dann verschließt er lautlos die Tür, rückt den Stuhl an den Tisch und fordert den Mann auf, sich zu setzen.

Solch liebenswürdiger Aufnahme ungewohnt, nimmt der Gast auf dem Holzstuhl zögernd Platz.

»Hab' gerade zweites Frühstück gemacht«, erzählt Denke. »Wollen Sie auch einen Happen?«

Der Mann nickt erfreut. »Habe mir noch nicht mal mein erstes Frühstück geleistet, Herr Denke.«

»Gepökeltes oder gekochtes Fleisch?«

Der Fremde ist überwältigt. Fleisch zum Frühstück! Und daß er sogar wählen darf! »Gekochtes, wenn's recht ist?« fragt er unsicher.

»Sofort zu Diensten, der Herr«, scherzt Denke. Aus einem Topf, der hinter den Weidenzweigen auf dem Tisch steht, fischt er mit der Gabel ein Stück Fleisch heraus, legt es auf einen Teller und gießt aus einer Schüssel etwas Soße darauf. »Sahnesoße, vom Feinsten«, bemerkt er, holt auch ein Messer, schneidet eine Scheibe Brot ab und wünscht guten Appetit.

Mitfühlend sieht er seinem hungrigen Gast beim Essen zu. »Wie heißen Sie?«

Der Mann schluckt rasch einen Bissen hinunter, dann sagt er seinen Namen: Kaspar Hubalek.

»Sie kommen wohl aus Böhmen, Herr Hubalek?«

»Aus Böhmen, ja.«

»Ich hör's an der Sprache. Und wie alt sind Sie?«

»Vierundfünfzig.«

Denke nickt. Er schraubt ein Tintenfläschchen auf, taucht einen Federhalter hinein und schreibt etwas in sein Notizheft. »Ich führe nämlich ein Gästebuch«, erklärt er lachend. »Und Ihr Beruf?«

»Arbeiter. Zur Zeit auf Wanderschaft. Auf Arbeitssuche.«

»Aha. Nun, ich hätte eine kleine Arbeit für Sie. Ist in Minuten erledigt. Und bringt Ihnen zwei Groschen.«

Hubalek blickt Denke erwartungsvoll an. Zwei Groschen, das ist nach der Währungsumstellung für einen Wanderarbeiter viel.

»Sie können doch schreiben, Herr Hubalek?«

»Natürlich.«

»Ich habe Rheuma im Handgelenk. Schreiben Sie mir einen kurzen Brief, den ich Ihnen diktiere?«

»Selbstverständlich mach' ich das.«

»Gut. Wenn Sie mit dem Essen fertig sind, ja?«

»Ich bin schon satt, Herr Denke.« Hubalek hat plötzlich keine Lust mehr, weiterzuessen. Das weißliche Fleischstück auf dem Teller ist behaart. Er spürt Ekel und legt das Besteck auf den Teller zurück. »Meinetwegen kann es losgehen, Herr Denke.«

Denke räumt den Teller weg, wischt über den Tisch, legt ein Blatt Papier hin und überreicht Hubalek den Federhalter.

Hubalek betrachtet die Stahlfeder und taucht sie ins Tintenfaß. Er blickt Denke fragend an. Der Korbmacher geht auf und ab, als müßte er über den Brieftext nachdenken.

»Also schreiben Sie –«, sagt er schließlich.

Hubalek beugt sich über das Papier. Denke steht jetzt hinter ihm und diktiert: »Du alter dicker Wanst –«

Hubalek beginnt zu schreiben: »Du alter –«

Weiter kommt er nicht mehr.

Denke hat nach einer Spitzhacke gegriffen, holt weit aus und rammt sie tief in Hubaleks Schädel.

Lautlos sinkt Hubalek vornüber. Denke zerrt Hubaleks Kopf an den Haaren empor und hält ihn über einen Eimer, um das aus der Wunde sickernde Blut aufzufangen. Nachdem die Blutung zum

Stillstand gekommen ist, zieht Denke die Leiche vom Stuhl, legt sie auf den Fußboden und entkleidet sie. Dann schiebt er den Toten auf die Dezimalwaage, die neben dem Bett steht, und legt sorgfältig die Gewichte auf: ein 5-kg-Gewicht, ein 2-kg-Gewicht, ein 200-g-Gewicht. Gesamtgewicht der Leiche: 72 kg.

Dann geht er zum Tisch und schreibt in sein Notizbuch hinter Hubaleks Namen: nackt 144 Pf.

»Fleesch und Blutt, doas schmackt gutt«, summt Denke vor sich hin. Er ist guter Laune, obwohl ihm nun ein anstrengender Arbeitstag bevorsteht.

Er geht durch die Hintertür des Hauses auf den Hof und holt aus seinem Geräteschuppen eine große Holzsäge und eine Baumsäge, zwei Äxte, einen Hammer und mehrere Eimer. Ins Zimmer zurückgekehrt, verschließt er wiederum die Tür, legt Jacke und Oberhemd ab, stärkt sich noch mit einem Glas Bier und geht ans Werk.

Mit Axt und Säge zerteilt er die Leiche, trennt Kopf, Arme und Beine vom Rumpf und zerlegt schließlich auch diesen in mehrere Stücke. Gegen Mittag unterbricht er die Arbeit, schneidet sich einige Scheiben Brot ab, die er mit einem bernsteinfarbenen Fett bestreicht, und trinkt wiederum Bier dazu.

Später beginnt er, mit einem scharfen Messer die einzelnen Fleischstücke zu bearbeiten. Er löst die Knochen aus dem Gewebe heraus, zerkleinert sie mit der Axt und wirft sie in den Eimer. Die inneren Organe legt er in ein anderes Gefäß. Als mühsam empfindet Denke es immer, den Schädel zu zerlegen. Während er mit Säge, Hammer und Meißel hantiert, achtet er darauf, Ober- und Unterkiefer nicht zu beschädigen, die braucht er noch für einen besonderen Zweck.

Die von Knochen und Sehnen befreiten Fleischstücke wickelt er in einen alten Gummimantel und legt sie auf die Waage. In sein Notizbuch trägt er das Gesamtgewicht des Fleisches ein, das er nun konservieren kann.

Die Nacht ist schon angebrochen, als Denke die Grobarbeit beendet hat. Er bringt das im Eimer gesammelte Blut hinaus und schüttet es in den Gully auf dem Hof.

Nun geht es an die Feinarbeit. Im Herd brennt bereits ein mächtiges Feuer, das Wasser in den zwei großen Töpfen auf der Herdplatte siedet bereits. Er füllt die Töpfe mit Fleischstücken und einigen zerteilten Knochen. Im Faß mit dem Pökelfleisch gießt er Salzlake nach und schichtet weitere Fleischstücke hinein.

Nachdem sich Denke aus der Kasserolle einen Batzen Fleisch genommen und mit Appetit verspeist hat, überprüft er, ob Ober- und Unterkiefer bereits genügend ausgekocht sind. Er nickt zufrieden, legt sie auf den Tisch und zählt die in den Kiefern steckenden Zähne. Einige fehlen, einige sind porös, die lassen sich mit der Hand aus dem Kiefer lösen. Die anderen zieht er mit der Zange heraus und legt sie zum Trocknen auf einen Bogen Zeitungspapier.

Gegen Mitternacht hat Denke sein Werk vollendet. Das Fleisch ist gekocht oder eingepökelt. Die ungenießbaren Reste der Leiche packt er in einen Sack. Er öffnet das Fenster, damit der üble Dunst entweichen kann. Die Kühle der Aprilnacht weht herein. Denke verläßt das Haus. Mit seiner Wollmütze und dem Sack auf dem Rücken gleicht der bärtige Alte einem verfrühten Weihnachtsmann. Er geht durch die einsame Straße bis in den Stadtwald. Zwischen Bäumen und Sträuchern verstreut er Knochen- und Fleischreste, manchmal verscharrt er auch Teile im Boden.

Heimgekehrt, säubert er sich und die Werkzeuge und geht ermüdet zu Bett. Immerhin bin ich vierundsechzig, denkt er, und morgen werde ich Muskelkater haben vom vielen Hacken und Sägen.

Am nächsten Morgen steht er wohlgemut auf. Es ist ein schöner Frühlingstag, die Kirschbäume stehen in voller Blüte. Auch heute ist noch einiges zu tun. Das gekochte Fleisch muß eingeweckt, die Fleischbrühe zu Sahnesoße verarbeitet werden. Währenddem erwacht seine Freßgier. Er schneidet sich Fleischbrocken ab, bestreut sie mit Salz und vernascht sie.

Dann wendet er sich Hubaleks Kleidungsstücken zu. Sie sind in einem zu schlechten Zustand, um sie noch auf dem Trödelmarkt verkaufen zu können. Er zerschneidet sie, bündelt sie und umschnürt sie mit einem Band.

Nun hat er noch eine besonders angenehme Tätigkeit vor sich. Aus dem Regal holt er zwei Blechbüchsen. Auf einer steht Salz, auf der anderen Pfeffer. Als er sie auf den Tisch stellt, klirrt es leise. Ein Geräusch, das weder Salz noch Pfeffer verursachen. Denke öffnet den Deckel. Die Büchsen enthalten Menschenzähne. Er wirft Hubaleks Zähne hinein und kann der Versuchung nicht widerstehen, die Zähne wieder einmal zu zählen. Er schüttet sie auf den Tisch, legt sie wie Münzen in Zehnerreihen. Jetzt besitzt er 420 Zähne.

Denke überprüft sein Notizbuch. Alles ist ordnungsgemäß registriert: Nr. 30. Am 20. April 1924. Kaspar Hubalek. Arbeiter. Geb. 10. Januar 1870 in Böhmen.

Der dreißigste! Eine runde Zahl. Das müßte eigentlich gefeiert werden. Aber Denke hat niemanden, mit dem er feiern könnte. Er ist ein Sonderling, ein Einzelgänger, ohne Freunde, ohne Frau, mit seinen Verwandten verfeindet. Doch die Nachbarn mögen ihn gut leiden. Er ist immer höflich, ein so bescheidener fleißiger Mensch, der sich mühsam vom Korbflechten ernährt. Und der trotzdem gegenüber Bettlern und Tippelbrüdern mildtätig ist. Unser Papa Denke!

Ein halbes Jahr später ist es wieder soweit, daß Papa Denke seine Mildtätigkeit beweisen kann. In seinem Notizbuch steht: Nr. 31. Aber die Spalte dahinter ist noch leer. Zeit für eine Eintragung. Die Fleischvorräte nehmen ab.

Am Sonntag, dem 21. Dezember 1924, klopft ein Mann an Denkes Tür und bittet um ein paar Pfennige Zehrgeld.

Und wieder, so erwartet Denke, wird nun alles verlaufen wie dutzendmal erprobt. Angebot zum Frühstück, zum Briefschreiben für zwei Groschen Belohnung, Spitzhacke, Fleischzubereitung.

Und anfangs läuft alles auch gut. Während der Gast ißt, erfragt Denke seinen Namen. Vincenz Olivier ist ein arbeitsloser Steinarbeiter und einundvierzig Jahre alt. Er durchwandert Schlesien und lebt vom Betteln.

Denke betrachtet wohlgefällig Oliviers noch immer kräftige Statur. Nur daß er den Hut aufbehält, beunruhigt ihn.

»Legen Sie doch den Hut ab, der stört Sie beim Schreiben.«

Olivier nimmt den Hut ab und legt ihn auf die Kommode. Dann erhält er einen Bogen Papier und einen Bleistift, um den Brief zu schreiben. Denke steht jetzt rechts hinter Olivier. »Zuerst diktiere ich Ihnen die Anrede«, verkündet er. »Adolf, du dicker Wanst!«

Olivier beginnt zu schreiben: »Adolf, du –« und muß plötzlich lachen. Lachend wendet er sich zu Denke um. Sieht etwas durch die Luft sausen und spürt einen brutalen Schlag an die rechte Kopfseite. Benommen vor Schreck und Schmerz taumelt er empor.

Denke schwingt erneut die Spitzhacke. Olivier sucht sie ihm zu entreißen. Denke hält sie eisern fest. Der Kampf wogt hin und her. Der Tisch stürzt um, Gläser klirren zu Boden.

Olivier hat noch genug Kraft, mit einem plötzlichen Ruck die Spitzhacke abzudrehen und sie Denke zu entwinden. Aber Denke gibt nicht auf. Er wirft sich erneut auf Olivier, um die Hacke wieder in seine Hände zu bekommen.

Olivier hält die Hacke hoch über seinem Kopf. Der kleinere Denke kann sie nicht erreichen.

Olivier will fliehen, läuft zur Tür. Denke eilt ihm nach, packt Oliviers Arm, um ihn von der Tür wegzuziehen.

Olivier schüttelt Denke ab. Er reißt die Tür auf. Denke umklammert ihn erneut.

Olivier schreit durch den Flur: »Hilfe! Er will mich umbringen!«

Zwei junge Männer stürmen aus einer Wohnung heraus. Sie befreien Olivier aus Denkes Umklammerung. Keuchend ruft Olivier: »Er wollte mich erschlagen! Mit der Spitzhacke!«

Er überreicht den beiden Männern die Hacke. Denke zieht sich wortlos in sein Zimmer zurück.

»Was ist denn eigentlich passiert?« fragt einer der jungen Männer.

Olivier wischt sich das Blut von der Schläfe. »Das ist ein Verrückter. Er wollte mich umbringen.«

»Papa Denke? Sie umbringen?« Er lächelt ungläubig. »Papa Denke tut doch keinem was zuleide.«

»Was ich gesehen habe, habe ich gesehen«, sagt Olivier hartnäckig. »Mein Hut ist noch da drin. Allein getraue ich mich aber nicht wieder hinein.«

Widerstrebend folgt der junge Mann Olivier in Denkes Zimmer.

Denke steht mitten im Raum. Seine Arme hängen kraftlos herab, er zittert am ganzen Körper. Sein Gesicht glüht dunkelrot. Schweigend stiert er Olivier an. Olivier hört, wie sich Denkes Zähne knirschend aneinanderreiben.

Der junge Mann stellt die Spitzhacke ab. »Was ist denn los, Papa Denke?« fragt er mitfühlend.

Denkes Mund verzerrt sich. »Wollte mich berauben, der Bettler. Mußte mich wehren.«

Vorwurfsvoll blickt der junge Mann Olivier an. »Verschwinden Sie lieber, sonst hole ich die Polizei.«

»Mit der Polizei will ich nichts zu tun haben!« Olivier nimmt seinen Hut und will das Zimmer verlassen.

»Aha, ein schlechtes Gewissen!« ruft der junge Mann triumphierend. »Aber Papa Denke anschwärzen! Also los, Sie kommen jetzt mit uns mit, die Polizei wird alles klären.«

Olivier muß den beiden jungen Männern folgen. Auf dem Polizeirevier hört man sich seinen Bericht schweigend an. Ein Mordversuch von Papa Denke? Nicht glaubhaft. Papa Denke hat sich nie etwas zuschulden kommen lassen. Ein armer, aber rechtschaffener Bürger unserer Stadt. Und Sie, Herr Olivier? Ein obdachloser Bettler! Und meine Wunde am Kopf? fragt Olivier. Die sei kein Argument, wird ihm erwidert, die habe er sich selber zuzuschreiben als Folge seines Raubüberfalls.

Olivier wird festgenommen, am nächsten Tag dem Amtsgericht vorgeführt und vorerst wegen Bettelei und Landstreicherei zu zwei Wochen Haft verurteilt. Der Raubüberfall soll noch besonders untersucht und Denke dazu als Zeuge vernommen werden.

Olivier protestiert energisch gegen das Urteil. Er setzt durch, sein Erlebnis in allen Einzelheiten zu schildern.

Vielleicht sind es diese Details, die den Richter nachdenklich werden lassen. Kann ein so schwerfälliger Mann wie dieser Steinarbeiter das alles erfunden haben? Der Richter wird unsicher. Der

Fall ist wohl doch schwieriger, als er anfangs erschien. Er ordnet an, auch Denke festzunehmen.

Denkes Verhaftung wird in der Kleinstadt zur Sensation.

Papa Denke verhaftet? Weil ein Landstreicher ihn denunziert hat? Nachbarn und Einwohner schließen sich zu einem Protestverein zusammen und fordern, Denke sofort wieder freizulassen. Der Richter muß zugeben: Ein begründeter Verdacht gegen Papa Denke bestehe noch nicht. Man werde ihn jedoch bald befragen und alles aufklären.

Stunden später soll Denke aus der Zelle geholt und vernommen werden.

Er kann nicht mehr vernommen werden. Denke ist tot. Er hat sich umgebracht.

Aus seinem Taschentuch hatte Denke eine Schlinge gefertigt, das eine Ende des Tuches an einem Ring in der Zellenwand befestigt und sich in liegender Stellung erdrosselt.

Der arme Papa Denke! Vermutungen, Gerüchte: die ungerechtfertigte Verhaftung habe Papa Denke in Verzweiflung und Selbstmord getrieben.

Papa Denke muß nun begraben werden. Aber wer bezahlt die Beerdigung? Denkes Verwandte lehnen es ab, die Kosten zu übernehmen. Sie sind seit Jahren mit dem Querkopf überworfen. Aber vielleicht, so sagen sich die Stadtväter, hat Denke so viel hinterlassen, daß es verkauft und die Beerdigung davon bezahlt werden könnte.

Das Gericht ordnet eine Hausdurchsuchung an.

Als die Beamten Denkes Zimmer betreten, schlägt ihnen ein dumpf-säuerlicher Geruch entgegen. Der Raum bietet einen chaotischen Anblick. Hier wohnte, arbeitete, kochte und schlief Papa Denke. Der Tisch ist mit schmutzigem Geschirr bedeckt. An der Vorderkante des Tisches liegt ein angefangener Brief: »Adolf, du –«. Neben dem Bett steht ein Holzfaß mit eingepökeltem Fleisch. In der Ecke findet sich eine Dezimalwaage, in einer anderen liegen verschnürte Lumpenbündel und im Schrank zahlreiche Ausweispapiere von Handwerksburschen, die auf Wanderschaft waren. Im Geräteschuppen auf dem Hof steht ein weiterer Kübel mit Fleisch, darunter Teile einer behaarten Männerbrust, eines menschlichen Unterleibs und eines Gesäßes.

Der Fund menschlicher Leichenteile veranlaßt die Beamten, sofort den Kreisarzt hinzuzuziehen. Er bestätigt, daß es sich tatsächlich um menschliche Körperteile handele.

Auch die im Zimmer in den Töpfen vorgefundenen Fleischstücke sind menschlichen Ursprungs. In einem mittelgroßen Topf liegt in einer Art Sahnesoße gekochtes Fleisch, teilweise mit Haut bedeckt. Innen ist das Fleisch zartrosa. Nach Meinung des Arztes stammen die Fleischstücke aus dem Gesäß. In einem anderen Topf sind menschliche Hautstücke und Teile der großen Körperschlagader zu einer gallertartigen Masse verklebt. Eine Schüssel enthält bernsteinfarbenes Fett, das sich später als menschliches Körperfett erweist.

Schon diese erste flüchtige Besichtigung bringt den Beamten die Gewißheit, daß sie sich in der Höhle eines Menschenfressers befinden.

Das ganze Haus, der Hof, die Stallungen und die nähere Umgebung der Teichstraße werden nun planmäßig untersucht. Es werden weitere Beweise für Denkes Kannibalismus gefunden.

Der Breslauer Gerichtsmediziner Dr. F. Pietrusky berichtete darüber u. a.: In einem Holzfaß liegen in einer Salzlake fünfzehn Fleischstücke mit Haut, zwei davon sind behaarte Bruststücke. An einem Bauchstück ist noch der Nabel erkennbar. Andere Teile gehören dem Rücken an. Dieses Fleisch ist braunrot, der Körper war zuvor nicht sehr ausgeblutet. Ein Faß im Stall enthält ausgekochte Menschenknochen, sauber von Sehnen und Muskeln befreit. Auch Hand- und Fußwurzelknochen werden massenhaft gefunden. In einem Tümpel hinter dem Haus liegt ein Unterschenkel. Auch im Stadtwald entdeckt man zahlreiche Knochen, teils freiliegend, teils oberflächlich verscharrt.

Insgesamt erhalten die Gerichtsmediziner 480 menschliche Knochen oder Knochenteile, u.a. Oberschenkel, Ellen und Speichen, Schienbeine, Oberarmköpfe, Schlüsselbeine, Schulterblätter, Zehen- und Fingerglieder, Rippen, Teile von Schädeln und Wirbelsäulen, ein zersägtes männliches Becken.

Die Gerichtsmediziner stellen fest, daß diese Überreste von mindestens fünfundzwanzig Menschen stammen. Die Spuren an den Knochen weisen darauf hin, daß sie mit Säge und Axt zerkleinert und mit einem scharfen Messer von Gewebeteilen befreit worden sind.

Die dafür benutzten Werkzeuge werden ebenfalls gefunden, darunter zwei Sägen, die Spuren von Sägemehl sowie von menschlichen Hautresten aufweisen.

Die Untersuchung der Hunderte von Zähnen bestätigt, daß sie von etwa fünfundzwanzig verschiedenen Menschen stammen. Knochen und Zähne erlauben auch, das Alter der Opfer zu bestimmen. Das jüngste war sechzehn, die meisten waren über vierzig Jahre.

Aber Denke hatte nicht nur gemordet und Menschenfleisch gegessen. Die Durchsuchung seiner Wohnung brachte auch noch andere Perversitäten ans Licht.

Bevor Denke die Leichen zerstückelte, schnitt er Streifen aus ihrer Haut heraus, präparierte sie und stellte daraus Hosenträger und Schnürsenkel her. Der erhängt vorgefundene Denke trug einen solchen Hosenträger aus Menschenhaut. Mit anderen Hautstücken verschnürte er die Kleiderbündel seiner Opfer.

Besonders makaber war Denkes Drang, seine Morde zu archivieren. Man fand eine pedantisch geführte Liste seiner Opfer. Dieses Verzeichnis enthält hinter den laufenden Nummern Vor- und Familiennamen seiner Opfer, ihren Geburtstag und Geburtsort. Ferner vermerkte er das Gewicht der Toten in bekleidetem wie in nacktem Zustand und schließlich das Gewicht der »ausgeschlachteten« Person, also wieviel Fleisch ihm zum Verzehr zur Verfügung stand. Die Liste endet mit der Nummer 30. Die Nummer 31 ist bereits eingetragen, aber er kam nicht mehr dazu, dahinter die Daten von Vincenz Olivier zu vermerken.

Nun also haben die Behörden Papa Denke als Serienmörder entlarvt. Ein Menschenfresser in einer deutschen Kleinstadt! Ein

Kannibale unter ehrbaren Bürgern. Noch sind die Mordtaten Haarmanns aus Hannover in aller Munde, noch enthüllt Haarmann seinen Vernehmern immer neue Morde – und schon steigt ein neuer Serienmörder aus blutigen Abgründen empor. Und das Unbegreiflichste dabei: dieser alte silberhaarige Herr gleicht so gar nicht dem Bild, das die Bürger nun einmal von einem Massenmörder haben.

Niemand in Münsterberg hatte geahnt, daß die Teichstraße 10 ein Mordhaus, daß einer seiner Bewohner ein Menschenfresser war. Deshalb mußten alle diese Leute in Denkes Nachbarschaft die Antwort auf die Frage schuldig bleiben: Habt ihr denn niemals etwas bemerkt? Nie den leisesten Verdacht gehabt, daß mit diesem stillen und hilfreichen Papa Denke etwas nicht stimmte?

Daß dreißig Menschen sein Zimmer betraten, es aber niemals wieder lebend verließen?

Daß im Sommer unerträglicher Verwesungsgestank aus seiner Stube drang?

Daß vor Jahren ein Wanderbursche blutüberströmt aus Denkes Wohnung in Panik davonlief?

Daß ein anderer Denkes Nachbarn berichtete, Denke habe ihn zu erdrosseln versucht?

Daß Denke Eimer voll blutiger Flüssigkeit in den Gully auf dem Hof ausgoß?

Daß er Schüsseln, bis oben mit Fleisch gefüllt, in den Geräteschuppen brachte, zu einer Zeit, als ein Kilo Fleisch Milliarden kostete? Und daß man glaubte, es sei Hunde- oder Katzenfleisch, obwohl die Tötung dieser Tiere verboten war?

Daß ein Korbmacher nächtelang in seinem Zimmer sägte, hämmerte und mit der Axt hantierte?

Daß er nachts mit einem vollen Sack auf dem Rücken in den Stadtwald ging und mit leerem Sack zurückkehrte?

Daß man immer wieder Knochen im Stadtwald fand, die kaum Tierknochen sein konnten?

Fragen, auf die die Befragten keine andere Antwort wußten als die eine stereotype Antwort: Wir haben uns nichts dabei gedacht.

So daß sich daraus eine weitere Frage ergab: Wo ist die Grenze zwischen Toleranz und Mißtrauen gegenüber dem Nachbarn? Eine Frage, auf die es keine sichere und beruhigende Antwort gibt. Gleichgültigkeit kann zur Duldung von Verbrechen, Mißtrauen zur Verfolgung Unschuldiger führen.

Wurden im Fall Denke jedoch tatsächlich alle Zeichen, die auf ein Verbrechen hindeuteten, aus Gleichgültigkeit oder Nachsicht übersehen, dann läßt sich nur zu leicht einer ganzen Stadt vorwerfen: Ihr seid mitschuldig an diesen Morden. Oft aber fügen sich die einzelnen Alarmsignale für eine Mordserie erst nach der Entdeckung des Täters zu einem Ganzen zusammen. Die einzelnen Teile des Puzzles erscheinen zuvor rätselthaft und vieldeutig, vor allem, wenn der Täter, wie so viele Serienmörder, unauffällig und harmlos wirkt.

Denke konnte auch deshalb seine Morde so lange fortsetzen, weil er seine Opfer unter nicht seßhaften Menschen aussuchte. Es waren Wanderburschen, Landstreicher, Bettler, Arbeitslose, Ausgegrenzte. Es fiel niemandem auf, wenn sie verschwanden. Wurden sie dennoch vermißt und gesucht, verlief ihre Spur im Nichts.

Im Gegensatz zu Serienmördern wie Kürten und Haarmann, die bereitwillig über ihre Verbrechen sprachen und sich ihrer Taten brüsteten, nahm sich Denke das Leben, bevor er eine einzige Aussage machen konnte. Die Triebkräfte seiner Taten lassen sich nur erahnen.

Dr. Pietrusky versuchte damals, sie in Denkes Lebensgeschichte zu entdecken.

Denkes Vater besaß eine kleine Landwirtschaft. Karl war der dritte Sohn. Die familiären Verhältnisse waren geordnet, Geisteskrankheiten und Alkoholismus nicht bekannt.

Karl war ein Spätentwickler, von schwachem Intellekt und gestörter Sprachfähigkeit. Erst mit sechs Jahren konnte er die ersten Worte stammeln. Unbegreiflicherweise wurde er trotzdem mit sechs Jahren eingeschult, so daß die Schule für den Minderbegabten zur Qual wurde. Der Lehrer verspottete ihn als Idioten. Seine Bewegungen verliefen in Zeitlupe, seine Sprache war umständlich und verworren, seine Lernfähigkeit machte nur geringe Fortschritte. Seine geistigen und körperlichen Mängel errichteten eine Mauer zwischen ihm und seiner Umwelt. Karl blieb auf sich selbst zurückgeworfen, ein Einzelgänger. Er galt als mürrisch und verstockt. Er haßte die Schule, in der er ständig nur gedemütigt wurde. Sein Bruder und ein Klassenkamerad mußten ihn oft gewaltsam zum Unterricht schleppen. Seine Sprachstörungen behielt er sein Leben lang, lange Zeit war er auch Bettnässer. Heute würde man ihn vielleicht als Autisten bezeichnen.

Verschlossen und teilnahmslos mußte er zu jeglicher Arbeit gedrängt werden. Eine berufliche Ausbildung erschien aussichtslos. Der Vater ließ Karl in der Landwirtschaft mitarbeiten. Einmal verschwand er ein ganzes Jahr, um in einem Steinbruch zu arbeiten.

Nach dem Tode seiner Eltern behielten ihn seine Geschwister bei sich, weil er sich allein nicht im Leben behaupten konnte. Für Frauen interessierte sich Denke nie. Jemand hatte behauptet, Denke sei weder Mann noch Frau. So glich er einem blassen geschlechtslosen Wesen, das sich träge in dunklen Tiefen bewegte. Als er sich sein Erbteil auszahlen ließ und in Münsterberg ein Haus kaufte, geriet er bald in finanzielle Schwierigkeiten. Seine Geschwister wollten ihn entmündigen lassen. Das verstärkte sein Mißtrauen gegen sie, so daß er noch mehr vereinsamte.

Bemerkenswert ist, wie sich Denke seiner Umwelt darstellte. Wut oder Jähzorn schienen ihm fremd zu sein. Man hielt ihn für fleißig, gutmütig und mildtätig. Bekannt war er für seine Eßlust, so daß er manchmal Vielfraß genannt wurde. Er konnte mehrere Pfund Fleisch auf einmal vertilgen.

Der gutmütige Spott über den Vielfraß verdeckte damals die tieferen Ursachen dieser Gier. Sie ist Reaktion auf einen Mangel, Ersatz für Vermißtes, Ausfüllen einer Leere. Fressen ist Verschlingen, und das Verschlungene entschädigt den Schlinger für alle Entbehrungen, für körperliche und seelische. Wem sonst das Leben keine andere Lust zu bieten hat, der sucht Lust im Verschlingen. Essen wird zur Freß-Sucht.

Unerklärt aber bleibt, wie Denke die Tabu-Schranke überspringen und Menschenfleisch essen konnte. Nachdem Denkes Verbrechen bekannt geworden waren, fragte der Psychologe Prof. R. Herbartz, ob sich Menschenfresserei in einem zivilisierten Land überhaupt psychologisch erklären lasse. Herbartz untersuchte den Fall aus der Sicht der Tiefenpsychologie. Denke, so erklärte er, sei ein perverser Psychopath. Aber zwischen perversen und normalen Menschen gebe es fließende Übergänge: »Der Übergang von einem zum anderen ist kein Übertritt in die andere Gattung, d. h., das Seelenleben des Pervertierten zeigt gegenüber dem des sogenannten Normalen keinerlei grundsätzlich neue, beim Normalen prinzipiell unbekannte Erscheinungen.« Bei der Perversion verselbständige sich eine Seite der Libido, des Strebens nach Lustgewinn: »Perversion ist die Alleinherrschaft einer abgespaltenen Triebkomponente.«

Diese abgespaltene Triebkomponente verwirkliche sich dann in entsprechenden Handlungen, wenn »zwanghafte Denkvorgänge willensbestimmende Kraft gewinnen«. Denkes Zwangsvorstellungen seien regressiver Natur, Regression in den Kannibalismus.

Regression bezeichnet den Rückfall eines Individuums auf eine frühere Entwicklungsstufe. Entsprechend dem biogenetischen Grundgesetz wiederholt das Individuum verkürzt die gesamte stammesgeschichtliche Entwicklung. Das gilt nicht nur für die körperliche, sondern auch für die psychische Entwicklung. Deshalb, so Prof. Herbartz weiter, könne ein Individuum auf einen älteren Bildungsstand seiner eigenen individuellen Entwicklung oder auch auf einen früheren Zustand der menschheitlichen Entwicklung zurückfallen. Jenes nenne man Infantilismus, dieses Atavismus. Menschenfresserei sei ein solcher Rückschlag in die menschheitlichen Urzustände des Kannibalismus.

So weit läßt sich Herbartz' Erklärung folgen. Wenn er dann jedoch den Kannibalismus mythologisch begründet, kann seine Deutung, zumindest im Fall Denke, nicht überzeugen. Herbartz verweist auf die uralte grauenhafte Furcht vor den Toten und ihrer Wiederkehr. Die Menschheit habe Abwehrmechanismen geschaffen, die eine solche Rückkehr der Toten verhindern sollen: Einsargen der Toten, Vergraben, Verbrennen. Radikalste Abwehrmaßregel sei jedoch der archaische Grundgedanke, »daß das Auffressen oder Auffressenlassen der Leiche« der beste Schutz gegen ihre Wiederkehr sei. Wie nun aber, fragte Herbartz, wenn der Tote ein Ermordeter ist? Dann wird er besonders zu fürchten sein, weil er sich bei seiner Wiederkehr rächen will. Und wie rächt sich ein Ermordeter? Indem er seinen Mörder tötet. So sei die Furcht des Mörders nun doppelt motiviert: »Er frißt den Toten nicht nur, um die Wiederkehr zu verhindern. Er frißt auch, um nicht selber gefressen zu werden.«

Eine solche Deutung läßt sich auf Denke nicht übertragen. Denke hat nicht aus Angst vor ihrer Wiederkehr seine Opfer gefressen, sondern er hat getötet, um sie zu fressen.

Befremdend wirkt auch Denkes Totenliste. Ohne sie wären die Anzahl seiner Morde und die Namen seiner Opfer nie genau festgestellt worden. Man sah in dieser pedantischen Buchführung nur einen besonders makabren Wesenszug des Täters. Der Psychoanalytiker Theodor Reik wies aber schon damals darauf hin, daß bei der Anfertigung einer solchen Dokumentation unbewußt »zwei seelische Kräfte um die Herrschaft ringen: die eine, welche alle Spuren der Tat verbergen will, und die andere, welche die Tat und den Täter allen zeigen möchte.« Hier kommt, wie der Polizeipsychologe Dr. R. Herren schrieb, ein irrationales Moment ins Spiel, »ein unerklärlicher dumpfer Drang ..., alles, was irgendwie mit der Tat zusammenhängt, dem Papier anzuvertrauen. Manchmal wird peinlich genau Buch geführt und eine regelrechte Bilanz des Verbrechens aufgestellt.« Denkes »Geschäftsbuch« könnte rational so erklärt werden, daß er ebenso wie ein Metzger über seine Schlachtungen Buch führte. Das aber treffe nur die bewußte Seite von Denkes Verbrechen. »Aus den Tiefen unbewußter ›primitiver‹ Seelenschichten quillt seine sadistische Urlust ins Bewußtsein des multiplen Mörders, ... vermittelt der Anblick dieser ›Todes-Chiffren‹ dem Täter jedesmal von neuem ein Gefühl von Überlegenheit und perverser Lust.«

Noch an eine andere Seite seiner Perversion ist zu erinnern. Dr. Pietrusky fragte, ob Denke ein schwerer debiler Psychopath gewesen sei, den sexuelle Perversion zum Morden getrieben habe. Pietrusky begründete diese Vermutung damit, daß Denke Hautstücke mit Brustwarzen und aus der Schamgegend herausgeschnitten habe.

Doch es ist eher anzunehmen, daß die Hautstücke ebenso wie die Zähne seiner Opfer fetischistischen Zwecken dienten. Mit diesen Relikten blieben die toten und längst verzehrten Opfer dem Mörder gegenständlich und gegenwärtig, mit ihnen lebte er weiter unter einem Dach im Gefühl seiner schlauen Überlegenheit.

Dr. Pietrusky schrieb am Ende seines Berichtes über Denke: »Hier der duldsame, friedfertige gutmütige alte Sonderling, dort die mordgierige Bestie. Unter der Oberfläche feierten Gefühle und Gedanken Orgien. Menschen zu Dutzenden werden gemeuchelt, wie Tiere ausgeschlachtet, gewogen, zerteilt und gegessen, aus der Haut werden Hosenträger und Riemen angefertigt und getragen, genaue Listen über das Gewicht der Opfer werden angelegt, die Zahlen wie zur Unterhaltung geordnet und addiert, Zähne zu Hunderten gesondert und wie Spielmarken aufgehoben … Nach allem aber werden wir in Denke nicht das verabscheuungswürdige Ungeheuer sehen müssen, sondern einen Unglücklichen, der nach ehernen Gesetzen seines Daseins Kreise vollenden mußte.«

Das Grauen fasziniert nicht nur. Es verstört auch zutiefst. Dagegen suchen die Menschen eine Abwehr und finden sie

im makabren Spott. So entstand damals, nach einer bekannten Operettenmelodie gesungen, der Vers:

Warte, warte nur ein Weilchen, dann kommt Denke auch zu dir
mit dem kleinen Hackebeilchen und macht Hackefleisch aus dir.

Dieses Lied wurde bald auf Denke, bald auf Haarmann bezogen. Es schützte allerdings wenig vor dem mit Ekel gemischten Grauen, das die Menschen vor allen in Münsterberg und seiner Umgebung empfanden. Viele Leute scheuten sich, Fleisch und Wurst zu essen.

Der Umsatz der Fleischerläden ging drastisch zurück. Kunden bedrängten die Fleischer, ob sie etwa auch von Denke Fleisch erhalten und verarbeitet hätten. Noch lange sorgten sensationelle Berichte und Gerüchte für Unruhe unter der Bevölkerung.

Dieses kollektive Angstgefühl verwundert nicht. Heute reagieren die Menschen nicht viel anders auf den Rinderwahnsinn. Damals schockten innerhalb von drei Jahren drei Menschenfresser die deutsche Öffentlichkeit.

1922 wurde der vielfache Lustmörder Großmann verhaftet, der in Berlin Prostituierte ermordet, ihr Blut getrunken und von ihrem Fleisch gegessen hatte.

1924 kam der Serienmörder Haarmann vor Gericht, der ebenfalls Körperteile seiner Opfer verspeist haben soll. (Da in jüngster Zeit mehrere dokumentarische und künstlerische Darstellungen über Haarmann erschienen sind, ist sein Fall nicht in diesen Bericht aufgenommen worden.)

Im gleichen Jahr 1924 wurde Denkes Kannibalismus bekannt.

Diese drei Jahre waren in Deutschland eine Zeit schwerster sozialer und politischer Konflikte, existentieller Unsicherheit, des moralischen Verfalls, der Armut und des Hungers. Sicherlich wäre ein direkter Zusammenhang zwischen diesen Zuständen und dem Kannibalismus schwer nachzuweisen, ist aber doch zu vermuten. Das kollektive Unbewußte eines Volkes enthält auch einen geheimen Raum für die Schlachtbank eines Großmann, eines Haarmann, eines Denke.

Nicht zufällig erreichen uns heute aus Rußland Nachrichten über mehrere Fälle von Kannibalismus – den Bodensatz im Kessel sozialen Elends.